Contrat surprise

SUSAN MALLERY

Contrat surprise

Roman

Titre original :
HIGH-POWERED, HOT-BLOODED

Traduction de l'américain par ANDREE JARDAT

ÉDITIONS HARLEQUIN
83-85, boulevard Vincent Auriol, 75646 PARIS CEDEX 13.
Service Lectrices — Tél. : 01 45 82 47 47
www.harlequin.fr

ISBN 978-2-2803-1582-1 – ISSN 2271-0256

Prologue

LA CONCURRENCE ENCORE UNE FOIS MISE AU DÉFI !

« Le P.-D.G. Duncan Patrick a une fois encore défié la concurrence. Le milliardaire boucle l'année en beauté avec deux acquisitions supplémentaires : une petite entreprise de transports européenne et une compagnie ferroviaire sud-américaine qui devrait se révéler très rentable. On pourrait penser que, à présent qu'il détient une holding dominant le monde des transports, Duncan Patrick aurait de quoi se réjouir. Ce n'est malheureusement pas le cas. Pour la deuxième année consécutive, le milliardaire a reçu le prix du chef d'entreprise le plus détestable du pays. Comme à son habitude, il a décliné notre proposition d'interview. »

— Ils exagèrent, tout de même ! grommela Lawrence Patrick en faisant claquer le journal sur la table de conférence.

Duncan, lui, se laissa aller contre le dossier de son

fauteuil, réprimant avec peine le bâillement d'ennui que lui inspirait ce genre d'article.

— Tu aurais préféré que je fasse cette interview ?

— Le problème n'est pas là et tu le sais bien.

— Alors il est où, le problème ? interrogea Duncan en reportant son attention sur les autres membres du conseil d'administration. Les bénéfices qui ne cessent de croître ?

— Le problème réside dans le fait que la presse adore te détester, aboya Lawrence. Je te rappelle que tu as fait l'acquisition d'un parc de mobile homes dont les résidents, pour la plupart pauvres et âgés, ont dû être expulsés.

— Ce parc est situé juste à côté de notre plus importante aire de transport. Nous avions besoin de ce terrain pour nous agrandir. Et, que je sache, le conseil a approuvé cette acquisition, non ?

— Ce que nous n'avons pas approuvé, c'est de voir de vieilles femmes venir pleurer à la télé parce qu'elles n'avaient plus nulle part où aller.

Duncan leva les yeux au ciel, un brin excédé.

— Je t'en prie, épargne-moi ce genre de sermon. Une partie du marché consistait à reloger tous ces gens dans un nouveau parc, résidentiel celui-là, et chacun disposant d'une parcelle plus importante. Personne n'a été perdant dans cette affaire. Ce sont les médias qui ont monté toute cette histoire en épingle.

— Niez-vous mettre la concurrence en faillite ? intervint l'un des membres du conseil qui, manifestement, désapprouvait ces méthodes, selon lui peu orthodoxes.

— Oui. Si je veux me rendre acquéreur d'une société que l'on ne veut pas me céder, je vais trouver un moyen détourné d'y parvenir, voilà tout. Un moyen légal, messieurs, ajouta-t-il d'une voix forte en appuyant bien sur ce dernier mot. Vous avez tous investi de l'argent dans ma société et en avez tiré des bénéfices substantiels. Alors je me fiche bien de ce que la presse pense de moi ou de mes procédés.

— Pas nous, Duncan. Les Industries Patrick, ainsi que toi, avez une réputation pour le moins déplorable.

— J'estime qu'elle n'est pas méritée.

— Tu n'es pas le seul dans le coup, ne l'oublie pas. Tu as su venir nous chercher lorsque tu as eu besoin d'argent. Alors nous estimons que tu nous dois des comptes.

Ce commentaire n'était pas du tout au goût de Duncan. Il était le seul à avoir mis les Industries Patrick au niveau où elles étaient aujourd'hui. Il avait fait d'une petite société insignifiante un véritable empire international. Et cette réussite, c'est à lui que ces hommes ici présents la devaient, et à lui seul.

— Des menaces ?

— Non, intervint un autre membre du conseil. Duncan, nous comprenons parfaitement la différence qui existe entre être impitoyable et détestable. Mais le public, lui, ne la fait pas. Aussi aimerions-nous que vous fassiez en sorte de changer votre image au cours des quelques mois à venir.

— Nous sommes à quelques semaines de Noël, ajouta son oncle. Profites-en pour trouver une bonne cause à défendre. Je ne sais pas, moi, donne de l'argent aux nécessiteux, adopte un chiot, fréquente une jeune fille, sympathique pour une fois. En fait, nous nous fichons pas mal que tu changes vraiment ou pas, nous voulons juste que les gens aient une bonne image de toi. L'image, Duncan. Crois-moi, c'est la base de tout.

Duncan secoua la tête, abasourdi par ce qu'il venait d'entendre.

— En fait, peu importe que je sois le pire des salauds, du moment que personne n'en sait rien, c'est bien ça ?

— Exactement.

— Ça devrait être dans mes cordes, conclut-il en se levant.

Après tout, pourquoi pas, si cela lui permettait de racheter leurs parts à ses actionnaires et de devenir seul maître à bord ? Ensuite, on pourrait bien penser de lui ce qu'on voudrait. Il s'en fichait éperdument.

Chapitre 1

En temps normal, Annie McCoy aurait baissé les bras.

Elle aurait accepté que son pneu soit crevé. Sa voiture était vieille et les pneus auraient dû être changés depuis le printemps dernier. Elle aurait aussi compris que la petite Cody, qui avait mangé de la terre dans la cour, ait ensuite vomi sur sa jupe préférée. Elle ne se serait pas plainte non plus de la lettre de relance de la compagnie d'électricité qui soulignait que la dernière facture était due et que leurs tarifs allaient augmenter.

Mais tous ces coups durs le même jour, c'était vraiment trop.

N'aurait-elle donc jamais un instant de répit ?

Immobile devant sa véranda défraîchie, elle passa rapidement en revue le reste de son courrier. Pas d'autres factures à l'horizon, sinon une lettre à l'en-tête de l'université d'UCLA qui devait probablement lui réclamer le règlement du trimestre pour l'inscription de sa cousine Julie. Même en faisant l'économie d'un logement, le coût restait exorbitant pour son maigre salaire.

« Chaque chose en son temps », se dit-elle en pénétrant chez elle.

Elle posa son sac sur un petit guéridon qui se trouvait près de la porte, et son courrier dans une boîte faite de macaronis peints en doré, cadeau de fin d'année de ses petits élèves de maternelle.

Elle se rendit ensuite dans la cuisine pour consulter le planning accroché sur l'un des murs et où chacun était censé rendre compte de ses activités du jour.

Mercredi. Julie assistait à un cours du soir. Jenny, sa jumelle, était partie pour le restaurant de Westwood où elle assurait un travail de serveuse à mi-temps. Quant à Kami, étudiante d'échange originaire de Guam, elle était sortie faire des courses avec des amis. Annie avait la maison pour elle pendant… au moins deux heures. Le rêve !

Elle alla ouvrir le réfrigérateur et en sortit un cubitainer de vin blanc. Après s'en être servi un verre elle retira ses chaussures et se rendit dans le jardin situé à l'arrière de la maison.

L'herbe était fraîche sous ses pieds nus. Des plantes grimpantes fleuries avaient pris d'assaut la clôture. C'était cela, L.A. Tout y poussait avec une facilité incroyable, pourvu que vous n'oubliiez pas de régler votre facture d'eau, bien sûr ! Sacrifice supplémentaire pour elle, qui adorait les plantes. Elles lui rappelaient sa mère qui avait toujours été passionnée de jardinage.

Elle venait à peine de s'asseoir sur la vieille balançoire grinçante, près du bougainvillée, lorsqu'elle entendit retentir la sonnette d'entrée. Elle songea une seconde à l'ignorer mais elle se ravisa. Elle regagna donc l'intérieur de la maison, ouvrit la porte et regarda fixement l'homme qui se tenait sur le seuil.

Il était grand et bien bâti, son costume à la coupe impeccable laissait deviner un torse et des bras musculeux. Ses cheveux d'un noir de jais encadraient un visage percé d'yeux d'un gris métallique, les plus froids qu'elle ait jamais vus.

— Qui êtes-vous ? demanda-t-il en guise de salut. Sa petite amie ? Tim est-il là ?

Elle s'apprêtait à lui faire signe de souffler un peu lorsqu'elle se souvint du verre qu'elle tenait à la main.

— Bonjour, dit-elle en retour. J'imagine que c'est ce par quoi vous vouliez commencer.

— Pardon ?

— Dire bonjour, précisa-t-elle.

Une ombre passa dans le regard de l'homme.

— Je n'ai pas de temps à perdre avec ce genre de banalités. Tim McCoy est-il là, oui ou non ?

Bien que lisse, le ton n'en était pas moins inquiétant. Annie posa son verre sur le guéridon et croisa les bras, s'attendant au pire.

— Tim est mon frère. Qui êtes-vous ?

— Je suis son patron.

— Ah…

Cela n'augurait rien de bon, songeait-elle en s'effaçant pour inviter l'homme à entrer. A vrai dire, Tim ne lui avait pas dit grand-chose sur le nouveau boulot qu'il avait décroché peu de temps auparavant et elle, de son côté, s'était bien gardée de lui demander plus de détails.

Car Tim était... disons, imprévisible. Même si, par certains côtés, il pouvait se révéler le plus doux et le plus attentionné des frères.

L'homme entra et balaya le salon d'un regard médusé. Bien que petit et défraîchi, comme le reste de la maison, Annie, elle, le trouvait chaleureux avec son papier peint aux couleurs vives et les chandeliers chargés de bougies assorties qu'elle avait disposés un peu partout.

— Je suis Annie McCoy, dit-elle en lui tendant la main.

— Duncan Patrick.

Elle essaya de ne pas grimacer lorsque l'énorme main de Duncan enveloppa la sienne. Heureusement, il eut le bon goût de ne pas la lui broyer.

— Ou de la réduire en poussière, murmura-t-elle pour elle-même.

— Pardon ?

— Oh, désolée. Rien. Des réminiscences de contes de fées. La sorcière dans *Hansel et Gretel*... ne voulait-elle pas broyer les os des enfants pour en faire du pain ? Non, ça c'étaient les géants. Décidément, je mélange tout, il faudra que je vérifie.

Elle vit l'homme froncer les sourcils comme s'il s'interrogeait sur sa santé mentale, puis faire un pas en arrière.

— Ne vous inquiétez pas, dit-elle pour le rassurer.

Ce n'est pas contagieux. Il m'arrive souvent de formuler tout haut des pensées que les autres trouvent bizarres.

Elle marqua soudain une pause pour s'éclaircir la gorge.

— Quant à mon frère, il n'habite plus ici.

— Pourtant, c'est sa maison, non ?

Etait-ce elle, ou ce type était-il demeuré ?

— Il ne vit pas là, répéta-t-elle en articulant lentement dans l'espoir de mieux se faire comprendre.

Ou alors, c'étaient les muscles. Trop de muscles, pas assez de cervelle.

— J'ai bien saisi, mademoiselle McCoy. Je vous demande si Tim est propriétaire de cette maison, comme il me l'a affirmé ?

Elle n'aimait pas la tournure que prenait cette conversation. Elle se dirigea vers l'un des fauteuils club qui meublaient la pièce et s'agrippa au dossier.

— Non. Cette maison m'appartient.

Tout en parlant, elle sentit une onde de panique l'envahir et son estomac se nouer douloureusement.

— Pourquoi une telle question ? enchaîna-t-elle.

— Savez-vous où se trouve votre frère en ce moment ?

— Je n'en ai aucune idée.

La panique monta d'un cran. Duncan Patrick n'était pas du genre à venir faire un saut chez vous simplement pour vous faire un brin de causette. Ce qui signifiait que Tim avait dû sérieusement déraper cette fois.

— Allez-y, videz votre sac. Qu'a-t-il fait ?

— Il a détourné de l'argent appartenant à ma société.

La pièce se mit à tourner autour d'elle. Elle se demanda si elle n'allait pas, comme la petite Cody l'avait fait un peu plus tôt dans la journée, vomir sur sa jupe.

Tim avait volé son employeur. Elle aurait voulu demander pourquoi mais elle connaissait la réponse d'avance. Tim avait un problème. Un sérieux problème, même. Avec le jeu. Et le fait de vivre à cinq heures de route de Las Vegas n'était pas fait pour arranger les choses.

— Combien ? s'enquit-elle en retenant son souffle.

— Deux cent cinquante mille dollars.

Ce pourrait tout aussi bien être un million. Ou dix. C'était de toute façon une somme impossible à rembourser.

— Je vois à votre tête que vous ignoriez tout de ses activités frauduleuses.

En guise de réponse, elle secoua la tête.

— La seule chose que je sais, c'est qu'il adorait son travail.

— Un peu trop, même, semble-t-il, répliqua-t-il sèchement. Savez-vous si c'est la première fois qu'il est accusé de détournement de fonds ?

Elle hésita à répondre.

— Heu… disons qu'il a déjà eu des problèmes.

— Des problèmes liés au jeu ?

— Vous êtes au courant ?

— Il me l'a confié lorsque je lui ai parlé aujourd'hui. C'est là qu'il m'a dit qu'il était propriétaire d'une maison qui valait largement la somme volée.

— Il n'a pas pu vous dire une chose pareille !

— Je crains bien que si, mademoiselle McCoy. Voulait-il parler de cette maison à votre avis ?

Pour le coup elle se sentit vraiment mal. Tim avait osé proposer *sa* maison ? Le seul bien qu'elle possédait ?

A sa mort, leur mère leur avait légué cette maison et l'argent d'une assurance vie, qu'ils s'étaient partagé. Elle avait utilisé cet argent pour racheter à Tim sa part de la maison. Ce pécule devait lui servir à payer ses études universitaires et à s'acheter un appartement. Au lieu de ça, il s'était rendu à Vegas et la spirale infernale avait commencé. Il y avait maintenant cinq ans de cela.

— C'est ma maison, assura-t-elle d'une voix ferme. D'ailleurs, c'est facile à vérifier. Seul mon nom figure sur l'acte de propriété.

Cela ne parut pas émouvoir Duncan Patrick qui affichait toujours un visage impassible.

— Votre frère possède-t-il d'autres biens ?

Elle secoua de nouveau la tête.

— Merci de m'avoir accordé un peu de votre temps, dit-il en s'apprêtant à partir.

— Attendez !

Elle fonça vers la porte pour lui faire un barrage de son corps. Tim avait beau être un vaurien, il n'en restait pas moins son frère.

— Que va-t-il se passer maintenant ?

— Votre frère va aller en prison.

— C'est d'une aide médicale dont il a besoin, pas d'être jeté en prison ! Votre société ne possède pas de centre spécialisé où vous pourriez l'obliger à suivre un traitement thérapeutique ?

— J'aurais pu, *avant* qu'il ne vole cet argent. S'il ne peut pas me rembourser, je me verrai dans l'obligation de le remettre aux forces de l'ordre. Deux cent cinquante mille dollars, c'est une grosse somme, mademoiselle McCoy.

— Annie, rectifia distraitement la jeune femme qui en savait quelque chose. Ne pourrait-il pas vous rembourser petit à petit ?

— Non.

De nouveau, son regard de glace balaya la pièce.

— En revanche, si vous acceptez d'hypothéquer votre maison, je retirerai ma plainte.

Une hypothèque.

— Je ne peux pas prendre un tel risque. C'est tout ce que je possède.

— Même pas pour votre frère ?

L'ordure. Il savait jouer sur la corde sensible.

— Vous ne perdriez pas votre maison si vous remboursiez régulièrement vos traites, poursuivit-il, impitoyable. A moins que vous ne soyez accro au jeu, vous aussi ?

Elle avait du mal à supporter la note de dédain qui pointait dans sa voix. Mais qui collait parfaitement avec le costume impeccable, la montre en or à son poignet qui devait coûter au bas mot trois mois de son salaire d'institutrice et, certainement, si elle jetait un coup d'œil par la fenêtre, à la voiture de marque étrangère dernier cri garée devant chez elle. Equipée, elle, de bons pneus.

C'en était trop. Elle était épuisée, affamée et n'avait pas les idées assez claires pour pouvoir régler ce problème épineux dans l'instant.

Elle saisit la facture d'électricité et se mit à l'agiter sous le nez de Duncan.

— Vous savez ce que c'est ? lui demanda-t-elle.

— Non.

— Eh bien, c'est une facture. Une facture en attente d'être payée. Une de plus. Et savez-vous pourquoi je ne peux pas l'honorer ?

— Mademoiselle McCoy…

— Répondez à ma question ! cria-t-elle. Savez-vous pourquoi ?

Devant son expression plus amusée qu'effrayée, elle vit rouge.

— Non.

— Parce que je subviens aux besoins de mes deux cousines. Elles sont étudiantes, ne bénéficient que de bourses partielles et leur mère, ma tante, se débat avec un maigre salaire de coiffeuse. Et savez-vous la quantité de nourriture qu'ingurgitent des adolescentes de cet âge-là ? On ne dirait pas, à les voir si maigres ! Suivez-moi, voulez-vous ?

Elle le précéda dans la cuisine et constata que, contre toute attente, il l'avait suivie.

— Vous voyez ce tableau ? dit-elle en indiquant le planning affiché sur le mur. Il y a aussi Kami, une amie de mes cousines, venue de Guam étudier ici et qui n'a pas les moyens de se loger. Toutes les trois ont beau faire de leur mieux pour participer aux frais de la maison, ce n'est pas suffisant.

Elle marqua une pause pour reprendre son souffle.

— Je nourris donc trois étudiantes, je les héberge et je participe à leurs frais universitaires. Ma voiture n'a plus d'âge, ma maison a besoin de réparations que je ne peux pas payer et je rembourse encore aujourd'hui le prêt contracté pour mes propres études. Tout cela sur le salaire d'une institutrice de maternelle. Alors, vous voyez, monsieur Patrick, hypothéquer ma maison, c'est tout simplement hors de question !

Elle fixa l'homme à la carrure d'athlète qui se tenait devant elle, priant pour l'avoir touché en plein cœur.

En vain.

— Tout cela est très intéressant, finit-il par dire, mais cela ne me rendra pas mes deux cent cinquante mille dollars. Si vous savez où se trouve votre frère, je vous suggère de lui dire de se rendre lui-même à la police. Ce serait mieux pour tout le monde.

Le poids des mots se mirent à peser lourdement sur les épaules d'Annie.

— Ne faites pas ça, je vous en supplie. Je paierai. Cent dollars par mois. Deux cents, même. Je vous jure que j'y arriverai !

Avec un job d'appoint, elle pourrait tenir sa promesse, se disait-elle, l'esprit soudain en ébullition.

— Il ne reste que quatre semaines avant Noël. Vous

ne pouvez pas faire jeter Tim en prison maintenant. Cela ne changerait rien pour vous, ce n'est pas comme si vous aviez besoin de cet argent.

Le regard de Duncan redevint métallique.

— Et cela lui donne le droit de me voler ?

— Non. Bien sûr que non.

— Alors, hypothéquez votre maison, mademoiselle McCoy.

Le ton était intransigeant. Nul doute qu'il mettrait ses menaces à exécution.

Quelle décision était-elle censée prendre ? Perdre sa maison ou son frère ?

— C'est impossible, finit-elle par répondre.

— C'est très facile, au contraire.

— Pour vous, je n'en doute pas ! aboya-t-elle. Mais de quoi êtes-vous fait ? Vous êtes le type le plus détestable au monde ou quoi ?

Elle marqua une courte pause avant d'ajouter d'un ton subitement radouci :

— Donnez-moi une minute.

Il se raidit légèrement. Si elle ne l'avait pas observé attentivement, elle n'aurait pas remarqué la soudaine tension sur ses épaules ni le rétrécissement presque imperceptible de ses yeux.

— Vous disiez ? s'enquit-il d'une voix qu'il s'appliqua à garder lisse.

— Je vous ai demandé de me laisser une minute. Il doit bien y avoir une solution. Nous allons trouver une sorte de compromis. Je suis bonne négociatrice, vous savez.

Elle omit de préciser que ses talents s'appliquaient à des enfants de cinq ans, doutant qu'il apprécierait la comparaison.

— Etes-vous mariée, mademoiselle McCoy ?

Elle le dévisagea attentivement, cherchant sur ses traits un signe précurseur de danger.

— Quoi ? Non. Mais je suis en très bons termes avec mes voisins et si je me mets à hurler ils n'hésiteront pas à venir me porter secours.

La petite lueur d'amusement passa de nouveau dans le regard de Duncan.

— Je ne suis pas là pour vous menacer.

— Quelle chance ! Cela ne vous empêche pas de menacer mon frère. Pour moi, c'est la même chose.

— Vous êtes institutrice, disiez-vous. Depuis combien de temps ?

— C'est ma cinquième année. Pourquoi cette question ?

— Vous aimez les enfants ?

— Perspicace avec ça, ironisa-t-elle.

— Aucun problème de drogue ou d'alcool ? Ou d'une addiction quelconque ?

Un amour immodéré pour le chocolat mais peu susceptible d'intéresser le grand Duncan Patrick.

— Non, mais je…

— Aucun de vos ex-petits amis n'a de casier judiciaire ?

— Dites donc, c'est de ma vie que vous parlez, là ! s'indigna-t-elle.

— Vous n'avez pas répondu à ma question.

Elle se rappela qu'elle ne lui devait rien, que rien de ce qui concernait sa vie ne le regardait. Et pourtant, elle s'entendit répondre docilement :

— Non. Bien sûr que non.

Il alla s'appuyer contre le plan de travail tout ébréché et se mit à la scruter attentivement.

— Et s'il y avait une troisième option ? Une autre façon de sauver votre frère ?

— Qui pourrait être…

— Comme vous l'avez dit, nous sommes à quatre semaines de Noël. J'aimerais louer vos services pendant cette période. En retour, je vous fais grâce de la moitié de la dette de Tim, je l'envoie à mes frais dans un établissement spécialisé et j'établis un paiement échelonné pour le restant de la dette, qu'il commencera à honorer lorsqu'il sortira.

Cela semblait trop beau pour être vrai.

— Et que devrais-je faire pour un peu plus de cent mille dollars ? demanda-t-elle, un brin méfiante.

Pour la première fois depuis son entrée dans cette maison, il la gratifia d'un vrai sourire. Un sourire charmant qui le transfigurait en lui donnant un air à la fois puéril et irrésistiblement séduisant. Elle se sentit soudain très, très nerveuse.

— Vous n'êtes pas en train de me parler de sexe, n'est-ce pas ?

— Non, mademoiselle McCoy. Il n'est pas question de sexe entre nous.

Elle sentit ses joues s'enflammer violemment.

— Je sais bien que je ne suis pas le genre femme fatale… plutôt le genre bonne copine, continua-t-elle en ayant conscience de s'enfoncer un peu plus. Bref, le genre avec qui on parle plutôt que le genre avec qui on couche. Celle qu'on présente à maman pour la rassurer.

— Exactement, confirma-t-il.

— Quoi ? Vous voulez me présenter à votre mère ?

— Ma mère, non. Mais à n'importe qui d'autre. Je veux que vous m'accompagniez dans toutes les soirées qui auront lieu durant cette période de fêtes. Vous prouverez au monde entier que je ne suis pas le sale type pour qui ils me font passer.

— Je ne comprends pas. Vous pouvez bien sortir avec qui vous voulez. Pourquoi moi ?

— Parce que vous avez le profil idéal.

— Comment cela ?

— Vous aimez les enfants, vous soutenez votre famille. Bref, vous êtes une fille bien. Et c'est exactement ce qu'il me faut.

Il croisa les bras sur sa poitrine avant d'ajouter :

— Acceptez, et votre frère aura l'aide dont il a besoin. Refusez, et il ira tout droit en prison.

Comme si elle n'avait pas compris !

— Vous n'êtes pas très loyal, vous savez ?

— Je joue toujours pour gagner. Alors ?

Chapitre 2

Tandis qu'il attendait une réponse, il la vit exécuter un étrange manège. Elle prit une chaise et la plaça devant un placard trop haut pour elle. Puis elle grimpa dessus et atteignit une boîte de céréales de laquelle elle sortit un sachet en plastique rempli de M & M's orange et marron. Tout cela sans un mot.

Se pouvait-il que le stress lui ait fait perdre la raison ? se demanda-t-il.

— Que faites-vous ?

— C'est ma planque secrète. Si je ne cachais pas ces friandises, croyez-moi, elles disparaîtraient en moins de quelques secondes.

Elle en prit une pleine poignée avant de remettre le sachet en plastique à sa place et la boîte sur son étagère.

— Pourquoi sont-ils de cette couleur ?

Elle fixa son interlocuteur comme s'il était un demeuré puis elle descendit de sa chaise.

— Parce qu'ils datent d'Halloween. Je les ai achetés à moitié prix le 1er novembre. Que voulez-vous, c'est mon péché mignon.

Elle en enfourna deux dans sa bouche et poussa un soupir d'extase.

— Je me sens mieux.

« Quelle fille bizarre ! » se dit-il.

— Lorsque je suis arrivé, vous buviez du vin. Ce ne serait pas plus efficace ?

— Que du chocolat ? Certainement pas !

Il la contempla immobile dans son pull bleu informe, du même bleu que ses yeux, et sa jupe à motifs qui lui arrivait aux genoux. Ses pieds nus laissaient voir les petites marguerites qu'elle avait peintes sur ses ongles, seule concession faite à la fantaisie. Aucun maquillage, aucun bijou, excepté la montre bon marché qu'elle portait au poignet gauche. Quant à ses cheveux, c'étaient une déferlante de boucles blondes qui tombait librement en cascades sur ses épaules.

Il était clair qu'Annie McCoy n'était pas femme à passer du temps à prendre soin de son apparence.

Ce qu'il jugeait parfait. La transformation physique serait d'autant plus facile. Quant au caractère, pour ce qu'il avait pu en juger, elle s'était montrée compatissante, attentionnée, généreuse. En d'autres termes, une bonne poire. Exactement ce qu'il lui fallait pour amadouer le conseil d'administration qui, enfin, lâcherait la bride.

— Vous n'avez toujours pas répondu à ma proposition, lui rappela-t-il.

Elle laissa échapper un profond soupir.

— Je sais. Mais c'est parce que vous ne m'avez pas encore dit ce que vous attendiez exactement de moi.

Il désigna les chaises branlantes autour de la table.

— Pourquoi ne pas nous asseoir, d'abord ?

C'était sa maison. C'est elle qui aurait dû l'inviter à s'asseoir. Néanmoins, il fut soulagé de la voir obtempérer sans regimber. Il redoutait aussi qu'elle ne tente de lui proposer de ses M & M's gluants, mais visiblement elle n'était pas partageuse sur ce chapitre-là. Tant mieux.

Il s'installa face à elle et s'appuya des coudes sur la table.

— Je dirige une société, commença-t-il. Les Industries Patrick.

— Voyons… laissez-moi deviner. Je parie que c'est une affaire de famille et que vous en avez hérité. J'espère pour vous que vous n'êtes pas mégalo au point d'avoir baptisé votre boîte de votre propre nom.

Sous l'affront, il fit l'effort de masquer la réplique cinglante qui lui venait aux lèvres par un sourire.

— Je vois que le chocolat vous donne tous les courages.

— Un peu.

— Pour répondre à votre question, en effet, j'ai hérité de l'entreprise familiale alors que j'étais à l'université. En quinze ans, j'ai fait de cette petite société un empire qui pèse aujourd'hui plus d'un milliard de dollars.

Elle n'avait pas l'air le moins du monde impressionnée.

— Pour en arriver là, j'ai dû me montrer impitoyable, poursuivit-il. J'ai racheté des sociétés, les ai fait fusionner avec la mienne, les ai dégraissées pour les rendre plus rentables.

Il la vit compter les bonbons qui lui restaient et faillit sourire devant son air dépité.

— Est-ce une façon détournée de dire que vous avez viré du personnel ?

Il ne chercha pas à se dérober. Il aimait les questions directes et dut reconnaître qu'elle marquait un point.

— Le monde des affaires ne respecte que la réussite. Mais jusqu'à un certain point. Je suis considéré par mes pairs et l'ensemble de la presse comme quelqu'un de détestable. C'est pourquoi je voudrais rectifier le tir.

— Pourquoi l'opinion des gens vous touche-t-elle ?

— Moi, cela m'est égal. C'est sous la pression de mon conseil d'administration que je dois me résoudre à une telle extrémité. Désormais, il faut que les gens voient en moi un homme de cœur. Un homme…

Il hésita, cherchant le mot juste.

— … sympathique.

Ce fut au tour d'Annie de sourire.

— Et ce ne sont pas vos qualités les plus flagrantes. Je me trompe ?

— Non.

— Vous, en revanche, vous êtes telle que vous apparaissez. Une charmante institutrice, douée de cœur plus que de raison. Les gens, la presse… ils vont adorer.

Le mot « presse » la fit soudain réagir.

— La presse… Comme la presse ?

— Rassurez-vous. Pas la télé ni les paparazzi. Je parle de journalistes spécialisés dans le monde des affaires. D'ici à Noël, je dois assister à une douzaine d'événements et manifestations publiques. Je veux que vous m'y accompagniez et que vous donniez l'image de la petite amie idéale et folle de son amoureux. L'opinion publique ne manquera pas d'associer votre image de fille adorable à la mienne.

— Ne serait-ce pas plus facile d'être *réellement* sympathique ? Cela me rappelle l'époque du lycée où certains élèves préféraient tricher plutôt que de travailler par eux-mêmes et d'essayer d'obtenir de meilleures notes sans courir le risque de se faire prendre. Mais non, ils préféraient tricher.

De nouveau, il dut faire un effort pour ne pas rabattre le caquet de cette dinde. C'était décidément une personne imprévisible qui pouvait passer d'un registre à l'autre sans avertir.

— Je ne vous demande pas de débattre de mes raisons.

— Moi, ce que j'en dis…

— Si vous acceptez mes conditions, je m'arrangerai pour que votre frère soit pris en charge immédiatement. Il aura ainsi cette seconde chance que vous pensez qu'il mérite. Si, par malheur, vous laissiez entendre à quiconque que notre relation est arrangée ou que vous disiez du mal de moi, Tim sera transféré en prison à la minute même où je serai mis au courant.

— Et, bien entendu, vous ne tirerez pas un trait sur les deux cents dollars mensuels à rembourser.

— Bien entendu.

Elle le regarda comme s'il était le diable en personne.

— Je n'ai pas l'intention de mentir à ma famille,

dit-elle enfin. Mes cousines et Kami doivent être mises au courant.

Il observa un moment de silence, semblant réfléchir aux éventuelles conséquences de cette décision.

— D'accord. Mais seulement elles. Et si elles s'amusent à raconter à quiconque…

— Je sais, le coupa-t-elle. Des têtes tomberont. Avez-vous déjà assisté à des séminaires sur la communication ? Vous pourriez…

Il lui adressa un regard suffisamment noir pour qu'elle comprenne enfin qu'elle allait trop loin. Elle se mordit la lèvre et se tut.

— Alors, c'est oui ?

Il avait l'impression de lire en elle comme dans un livre ouvert. Elle devait peser les chances qu'elle avait d'arriver à sortir Tim du pétrin où il s'était fourré. Autant dire aucune. Lui laissait-il vraiment le choix ?

— C'est oui. Je serai l'adorable petite amie que vous voulez que je sois, à partir d'aujourd'hui et jusqu'à Noël. Je clamerai à qui veut l'entendre à quel point vous êtes doux, gentil, avec un cœur gros comme ça !

Elle s'interrompit, les sourcils froncés.

— Je ne sais rien de vous. Comment suis-je censée jouer cette comédie ?

— Je vous ferai parvenir un rapport me concernant.

— Je m'en réjouis d'avance.

Il préféra ignorer le sarcasme et précisa :

— En résumé, Tim bénéficiera d'une aide médicale, j'efface la moitié de la dette et j'établis un paiement échelonné raisonnable pour le reste. Possédez-vous une garde-robe appropriée ?

Il la vit loucher sur la dernière petite pastille au chocolat.

— Tout dépend de ce que vous appelez appropriée.

Elle ne manquait pas de culot de faire la maligne dans de telles circonstances ! Il jeta un regard circulaire sur la pièce ainsi que sur le sol recouvert d'un lino partiellement gondolé. En effet, si la garde-robe était assortie à ce taudis, il se pouvait que tout ce qu'Annie possédât soit déjà sur son dos.

— Quelqu'un prendra contact avec vous pour vous arranger un rendez-vous avec un styliste, dit-il enfin. Lorsque notre contrat sera arrivé à son terme, vous pourrez garder les vêtements.

Il considéra qu'il avait mené l'entretien avec la même aisance que lorsque ses employés venaient négocier une augmentation de salaire. Il n'avait rien à y ajouter, aussi se leva-t-il et se dirigea-t-il tranquillement vers la porte.

— Quel genre de vêtements ? l'entendit-il demander dans son dos.

— Principalement des tenues de cocktail et des robes de soirée.

Il s'arrêta devant la porte pour lui faire face.

— J'ai encore la robe de gala que je portais au bal de fin d'année du lycée, hasarda-t-elle.

— Je crains qu'elle ne soit pas adaptée aux genres d'événements auxquels nous serons conviés.

— Dites-moi que je rêve. Que nous n'avons pas eu cette conversation.

— Vous ne rêvez pas et nous avons eu cette conversation. La première soirée aura lieu samedi. Mon assistante vous passera un coup de fil pour vous donner tous les détails. J'attends de vous que vous soyez à l'heure.

— Je suis navrée que mon frère vous ait volé, répondit-elle comme si elle n'avait rien entendu de ses dernières consignes.

— Vous n'y êtes pour rien, commenta-t-il avec obligeance.

— Bien sûr que si. C'est un membre de ma famille.

Il fut tenté de lui faire savoir ce qu'il pensait des relations familiales mais se ravisa et franchit la porte. Il entendit nettement le soupir qu'Annie poussa en refermant la porte.

Le samedi matin, Jenny et Julie, sous le choc, bouche bée, fixaient Annie de leurs grands yeux verts écarquillés. Kami, elle, paraissait juste surprise.

— Quoi ? Tu as fait ça ? dit Julie la première.

Elle avait repoussé la confession aussi longtemps qu'elle avait pu, allant même jusqu'à cacher sous son lit le classeur qu'on lui avait livré à domicile, cherchant à se convaincre qu'il n'existait pas. Mais à présent elle était face à la réalité : son premier rendez-vous avec Duncan avait lieu le soir même, et elle avait intérêt à y jeter fissa un coup d'œil.

— J'ai accepté de sortir avec le patron de Tim pendant un mois. Jusqu'à Noël. Mais, en fait, nous ne sortons pas vraiment ensemble, s'empressa-t-elle d'ajouter. Je suis censée redorer un peu son image.

Comment ? Elle n'en savait encore trop rien. Duncan attendait-il d'elle qu'elle donne des interviews ? Elle espéra que non. Car si elle se sentait à l'aise en compagnie de ses chères petites têtes blondes, elle était quasi certaine de perdre tous ses moyens si elle devait s'exprimer devant un groupe d'adultes.

— Je ne comprends pas, dit à son tour Kami. Pourquoi ?

Jenny et Julie échangèrent un regard de connivence.

— C'est à cause de Tim, n'est-ce pas ? Il est encore dans le pétrin.

— En quelque sorte, répondit Annie. Il a… euh… détourné des fonds. Mais Duncan a promis de le faire soigner, cela va l'aider.

— Lui. Mais pas toi, riposta Julie en coinçant une mèche derrière son oreille. Laisse-moi deviner. Cette fois il s'est servi de toi comme d'un bouc émissaire. Il t'a salement lâchée, c'est ça ?

— A vrai dire, ça ne me concerne pas directement. C'est…

Elle marqua une pause, prit le temps de s'éclaircir la voix. Elle avait beau croire que toute vérité n'était pas bonne à dire, il fallait qu'elle mette ses cousines au courant.

Elle leur exposa la situation en deux mots. Ce qui fit bondir Julie.

— Je te jure, Annie, tu es vraiment impossible !

— Moi ? Mais qu'est-ce que j'ai fait ?

— Tu laisses Tim te faire encore un sale coup. Et tu es toujours prête à le défendre ! Il avait à peine sept ans que, déjà, il volait des bonbons à la supérette du coin et que, déjà, tu te faisais punir à sa place. Et plus tard, au lycée, lorsqu'il séchait les cours, c'est encore toi qui allais supplier le proviseur de ne pas le renvoyer. Il est grand temps qu'il assume les conséquences de ses actes, tu ne crois pas ?

— Je ne vois pas en quoi un séjour en prison pourrait l'aider.

— Si la peine est assez lourde, peut-être en tirera-t-il enfin un enseignement.

Jenny acquiesça tandis que Kami, qui semblait mal à l'aise, gardait toujours le silence.

— Il a besoin d'aide, s'entêta Annie, et c'est mon frère.

— Raison de plus pour l'aider à devenir un adulte responsable.

— D'accord, promit-elle dans un soupir.

Lorsque leur mère était morte, elle lui avait fait la promesse de veiller sur Tim, quoi qu'il arrive.

Les jumelles échangèrent un nouveau regard.

— Vous savez bien comment est Annie, intervint enfin Kami. Elle ne voit jamais le mal chez les gens.

Avec un sourire reconnaissant pour Kami, elle se leva et posa sur le bras de Julie une main qu'elle voulait rassurante.

— Ce n'est pas si grave. Je vais sortir pendant un mois avec un séduisant milliardaire et me rendre à des soirées amusantes en sa compagnie. Rien de plus.

Elle se sentit pourtant rougir sous le regard fixe que les trois filles avaient rivé sur elle.

— Vraiment rien de plus, répéta-t-elle mollement. Car il n'est pas question de sexe entre nous, si vous voulez tout savoir. Si j'ai préféré vous en parler, c'est que je vais devoir sortir fréquemment. Et puis, je vais avoir besoin de votre aide. Duncan a prévu de m'envoyer un styliste qui doit m'accompagner dans une séance shopping. Comme il m'a dit que je pourrai garder tous les vêtements achetés, ce serait bien que vous veniez aussi pour me donner votre avis. Plus tard, vous pourrez me les emprunter, s'ils vous plaisent. Qu'en pensez-vous ?

Comme elle s'y attendait, les filles accueillirent la nouvelle en criant et en bondissant de joie.

— Tu es sérieuse ? demanda Jenny.

— Hum, hum. Le styliste devrait arriver d'une seconde à l'autre, d'ailleurs. Alors, qu'en dites-vous ?

Elles eurent à peine le temps d'acquiescer que la sonnette de la porte d'entrée retentit. Jenny et Julie coururent ouvrir.

— Mon Dieu, dites-moi que Duncan n'a pas prévu de sortir avec des jumelles ! dit une voix masculine. Bien que vous soyez très belles toutes les deux. Avez-vous déjà pensé à vous lancer dans le mannequinat ?

En guise de réponse, les jumelles se mirent à glousser.

Elle gagna le salon où un homme blond, grand et

élancé, était occupé à détailler l'aspect physique de ses cousines.

— Pas mal, dit-il en faisant bouffer les cheveux de Julie. Il faudrait dégrader quelques mèches ici et là pour dégager le visage et donner du volume à l'ensemble. Essayez aussi les yeux charbonneux. Vous serez tout à fait charmante.

Son regard s'arrêta soudain sur Annie.

— Le stéréotype parfait de l'institutrice de maternelle, commenta-t-il. Vous devez donc être Annie. Où aviez-vous la tête lorsque vous avez accepté d'aider un mec comme Duncan ? Certes, il est sexy, mais c'est un sale type. Ah, au fait, je suis Cameron. Et oui, je sais, c'est un nom de fille. J'ai toujours dit à ma mère que c'est la raison pour laquelle je suis devenu homo.

Il regarda par-dessus l'épaule d'Annie tandis que Kami faisait à son tour son entrée dans la pièce.

— Je ne sais pas qui vous êtes, mon chou, mais en tout cas, j'en ai pour mon argent aujourd'hui.

Kami éclata de rire.

— Arrêtez un peu le délire !

Une fois les présentations faites, Cameron alla s'asseoir sur le canapé défraîchi et sortit quelques feuilles d'un épais dossier.

— Venez ici, petite institutrice, dit-il à Annie en tapotant la place vide à côté de lui. Nous devons étudier notre planning. Duncan doit assister à quinze manifestations entre aujourd'hui et Noël. Et vous devrez être présente à chacun d'elles.

Il lui fit passer l'une des pages.

— Vous avez eu les informations nécessaires relatives à Duncan, n'est-ce pas ?

Elle opina d'un signe de tête, se gardant bien de dire qu'elle avait juste survolé les points les plus marquants.

— Parcours impressionnant, dit-elle pour montrer qu'elle avait bien retenu sa leçon. J'ai appris qu'il a poursuivi des études universitaires grâce à une bourse d'études qui lui a été délivrée pour ses talents de boxeur.

— Cela semble vous surprendre.

— Avouez que ce n'est pas courant.

— Il n'y a rien d'étonnant à cela. Son oncle est Lawrence Patrick, le boxeur.

— J'en ai entendu parler, dit Julie. Il est un peu vieux, mais c'est vrai qu'il est encore célèbre.

— Famille intéressante, ajouta Annie.

— Duncan a été élevé par son oncle, précisa Cameron. L'histoire est fascinante mais je laisse à Duncan le soin de vous la révéler. Les occasions ne vont pas manquer, vous allez passer beaucoup de temps ensemble.

Ce n'était pas vraiment le genre de chose qu'Annie avait envie d'entendre tandis qu'elle s'emparait de la seconde feuille que lui tendait Cameron. Sur celle-ci figurait un questionnaire qu'elle devait remplir afin que Duncan puisse lui aussi prétendre la connaître parfaitement.

Dans quelle galère s'était-elle embarquée ? se demandait-elle encore tandis que Cameron les poussait vers la sortie où les attendait une limousine rutilante.

Cinq heures plus tard, elle était épuisée. Elle avait essayé des douzaines et des douzaines de robes, de chemisiers, de pantalons et de vestes. Elle avait enfilé et retiré un nombre invraisemblable de chaussures, avait dû faire son choix parmi un large éventail de sacs du soir et supporter une séance lingerie sous le regard sévère d'une vieille vendeuse acariâtre.

A présent, elle était assise dans le salon d'un coiffeur, du papier aluminium séparant ses mèches blondies et une couche de vernis rose recouvrant ses ongles. Elle avait accueilli avec soulagement la proposition de Cameron d'un moment de détente dans un centre de beauté. Au moins pourrait-elle reposer ses pieds meurtris.

Cameron fit son apparition, portant un verre de citronnade dans une main et une assiette de fromage et de fruits dans l'autre.

— Fatiguée ? s'enquit-il d'une voix pleine de sollicitude.

— Ce n'est rien de le dire. Je n'ai jamais vécu une telle épreuve.

— Les gens sous-estiment toujours l'énergie nécessaire à une séance shopping, professa-t-il en prenant le siège vacant à côté d'elle. Et pour que celle-ci soit parfaitement réussie, cela nécessite beaucoup d'efforts.

— Je vois, oui, approuva-t-elle en repensant à la retoucheuse qui, sans fin, avait repris et épinglé chacune de ses tenues afin qu'elles épousent parfaitement ses formes.

Il lui tendit une feuille de papier sur laquelle il avait

consigné la liste des vêtements ainsi que celle de chaque accessoire leur correspondant.

Cette rigueur, proche de la maniaquerie, la fit éclater de rire.

— Vous me prenez vraiment pour une demeurée ! Quoique je veuille bien admettre ne pas être certaine de pouvoir retenir tout cela.

— Je ne supporterais pas que vous ne soyez pas à la hauteur.

— Alors comme ça, vous êtes célèbre ?

Cameron eut un sourire modeste.

— Dans ma partie, on peut le dire. Je compte parmi mes clients quelques célébrités qui ont l'air satisfaites de mes services. Des chefs d'entreprise, aussi, comme Duncan, qui n'ont pas le temps de s'occuper de leur garde-robe ou qui se moquent un peu des tendances de la mode. Mais il faut dire que Duncan est si atypique !

— Comment vous êtes-vous rencontrés ?

— Nous partagions la même chambre à l'université.

Annie faillit s'en étrangler de surprise.

— Sérieusement ?

— Je sais, cela paraît difficile à croire. L'avantage, c'est que nous n'étions pas attirés par le même sexe. A cette époque-là, je m'étais lancé dans des études d'histoire de l'art. Un an plus tard, je réalisais que je m'étais fourvoyé, que ma véritable passion, c'était la mode. Je suis parti tenter ma chance à New York, comme styliste. Mais là non plus, ça n'allait pas. La couture, ce n'était pas vraiment mon truc. J'ai accepté un emploi d'acheteur dans un magasin de luxe puis j'ai fini par ne m'occuper que des clients privilégiés. Le reste s'est fait naturellement.

Annie avait encore du mal à imaginer Duncan et Cameron partageant la même chambre.

— Et vous ? s'enquit-il à son tour. Comment en êtes-vous arrivée à vous jeter dans la gueule du Grand Méchant Loup ?

— C'est ainsi que vous l'appelez ?

— S'il le savait, il me tuerait !

Mais il avait parlé d'un ton où perçait toute l'affection qu'il portait à Duncan.

— Alors ?

Elle lui parla de Tim. De l'argent détourné.

— Je ne pouvais pas laisser mon frère aller en prison. Surtout s'il y avait une chance de le sauver.

— Mon chou, vous êtes vraiment trop mignonne. Prenez garde que Duncan ne fasse de vous qu'une bouchée.

— Ne vous inquiétez pas. Nous avons conclu un marché et je n'ai pas du tout l'intention de me laisser embobiner. D'ailleurs, en tant qu'homme, il ne m'intéresse pas.

— Vous dites ça maintenant mais Duncan a beaucoup de charisme. Si j'ai un conseil à vous donner, c'est de ne pas vous fier à son apparence lisse. Duncan est un battant. Pas vous. Si bataille il doit y avoir, c'est lui qui l'emportera.

— Vous êtes vraiment gentil de vous inquiéter pour

moi mais, de toute façon, même si je tombais amoureuse — éventualité qu'elle ne pouvait même pas imaginer —, Duncan ne réagirait pas. Sérieusement. Je ne suis pas du tout son genre.

— Vous n'êtes pas Valentine.

— Qui ?

— Valentine. Son ex-femme. Une femme étonnante, si l'on aime le genre serpent venimeux. D'une froideur ! Elle me faisait peur, ajouta-t-il en frissonnant.

Elle fut étonnée d'apprendre ces informations concernant une période de la vie de Duncan qui lui était inconnue. Mais à bien y réfléchir il n'y avait pas de quoi. Duncan était jeune et séduisant.

— Depuis combien de temps sont-ils divorcés ?

— Deux ans. Croyez-moi, c'était bien suffisant ! Et vous ? Comment se fait-il qu'une gentille fille comme vous ne soit pas encore mariée ?

Elle prit son temps. Elle choisit une fraise. La porta à sa bouche. « Toujours la même question », songea-t-elle, morose.

— J'ai vécu deux relations sérieuses. Les deux fois, je me suis fait plaquer. Pour la même raison : ils ne voyaient en moi qu'une amie et pas le grand amour de leur vie.

Elle avait parlé d'un ton léger, comme si les mots n'avaient pas d'importance, comme si les plaies étaient refermées. Ce n'était pas que ces garçons lui manquaient. Non. C'était juste qu'elle commençait à se demander si quelque chose ne clochait pas chez elle. Ses deux relations avaient duré en tout quatre ans et demi. Elle avait vraiment été amoureuse. Enfin, du moins le croyait-elle. Elle avait caressé le projet d'une vie de famille avec mariage, enfants, avenir commun. Elle n'avait pas eu d'autres amants et elle avait aimé le sexe avec eux. Peut-être n'avait-il pas été aussi torride qu'elle l'avait lu dans les livres ou que ce que ses amies lui décrivaient mais, oui, elle avait aimé faire l'amour avec eux.

Cela n'avait pas suffi. Chacun à leur tour, ils l'avaient quittée, avançant les mêmes raisons lorsqu'elle avait demandé des explications.

— Je ne veux pas être la bonne copine, murmura-t-elle fièrement.

Cameron lui tapota gentiment la main.

— Racontez-moi.

Annie s'était juré une reconnaissance éternelle à l'égard d'Hector, le génie qui s'était chargé de sa coiffure pour la soirée. Il avait su dompter ses boucles folles, les transformant en vagues soyeuses qui tombaient souplement sur ses épaules. Son assistant s'étant occupé avec talent de son maquillage, il ne lui restait plus qu'à enfiler sa robe, une tenue de cocktail suggérée par Cameron, et ses chaussures.

A présent qu'elle contemplait son reflet dans le miroir, elle se demanda avec une certaine angoisse si elle allait tenir le coup.

La robe était assez sobre, sans manches, avec un

décolleté en forme en cœur. Près du corps sans être moulante, elle dévoilait ses jambes jusqu'à mi-cuisses. C'était ce dernier point qui la mettait mal à l'aise. Elle trouvait cette robe vraiment trop courte. Et ce fut inutile d'essayer de se persuader du contraire. Elle était trop habituée à porter des robes tombant jusqu'aux chevilles, bien pratiques lorsqu'on passe ses journées courbées sur des bureaux trop bas ou assise par terre.

Malheureusement, les filles n'étaient pas là pour lui donner leur avis. Elles étaient allées au cinéma, la laissant décider seule. Elle aurait pu se changer mais elle ne savait pour quelle tenue opter.

Elle était encore indécise lorsque la sonnette de l'entrée retentit. Elle jeta un coup d'œil à l'horloge de sa table de nuit. Duncan avait dix minutes d'avance. Elle garderait donc la robe qu'elle avait sur elle.

Elle glissa ses pieds dans ses escarpins trop hauts, vacilla quelques secondes avant de se lancer en chancelant vers la porte. Elle ouvrit en soupirant, ne sachant trop ce que Duncan attendait de cette soirée.

Mais l'homme qui se tenait sur le seuil n'était pas Duncan et il affichait une mine sinistre.

— Qu'est-ce que tu fichais ? grogna Tim en pénétrant dans la maison. Bon sang, Annie, tu n'as pas le droit de m'obliger à séjourner dans un de ces endroits sinistres !

— Finalement, tu t'es décidé à venir me parler, répliqua-t-elle d'une voix lisse. Cela fait trois jours que je te laisse des messages.

Entre-temps, Duncan et elle avaient scellé leur pacte.

Son frère la fusilla d'un regard furibond.

— Tu n'avais pas le droit, répéta-t-il.

— De quoi faire ? lui renvoya-t-elle en sentant la colère monter en elle. De t'aider ? C'est toi qui t'es fourré dans ce pétrin, Tim. Tu as volé de l'argent à ton patron ! Comment as-tu pu faire une chose pareille ?

Elle le vit se tortiller légèrement avant de baisser les yeux sur le sol.

— Tu ne peux pas comprendre.

— C'est sûr. Tu as un problème, Tim. Alors, c'est soit le centre de réhabilitation, soit la prison.

— Je te remercie, dit-il, plein de rancœur.

Elle lui fit face, les poings sur les hanches.

— Je ne suis pas responsable. Ce n'est pas moi qui suis accro au jeu et ce n'est pas moi non plus qui ai dit à Duncan Patrick que cette maison était la tienne. Tu es non seulement un voleur mais aussi un menteur, capable de tout risquer sur un coup de dés.

— Moi, c'est les cartes.

— Peu importe.

— Tu es ma sœur, Annie. Tu es censée m'aider, pas me faire enfermer dans une de ces sinistres institutions. Que dirait maman ? Tu y as pensé ?

Devant un tel coup bas, elle se résigna à ne pas poursuivre plus avant l'argumentation. Tim ne semblait toujours pas réaliser la gravité de ses actes.

— Si maman savait, elle serait très déçue. Elle te

dirait qu'il est grand temps de devenir adulte et de prendre tes responsabilités.

Tim encaissa le coup sans broncher.

— Et moi je te dis que ça ne se passera pas comme ça. Tu pourrais hypothéquer la maison. Je te rappelle que j'en possède la moitié.

— Tu en *possédais* la moitié. Mais je t'ai racheté ta part, tu t'en souviens ? Et puis, tu me fatigues, Tim. J'en ai assez que tu attendes de moi que je sois ton sauveur. Je me suis toujours occupée de toi, et tu ne m'en as jamais été reconnaissant. Tu n'as même pas essayé de changer.

Il se rapprocha d'elle, l'air menaçant.

— Tu vas hypothéquer cette maison, Annie. D'une façon ou d'une autre. Tu m'entends ?

Elle était trop surprise pour avoir peur. Elle hésitait encore sur l'attitude à adopter lorsqu'elle vit Duncan apparaître dans l'embrasure de la porte laissée entrouverte.

— McCoy, l'entendit-elle dire.

Tim pivota pour faire face à son patron.

— Que faites-vous ici ?

— J'ai rendez-vous avec votre sœur.

Tim se tourna de nouveau vers elle et la jaugea avec mépris avant de demander :

— Tu comptes sortir avec lui ?

Elle opina d'un hochement de tête.

La bouche de Tim se tordit en un rictus plein d'amertume.

— Je vois. Je suis pris à la gorge et toi, tu sors. Tu laisses tomber la famille.

L'accusation lui vrilla l'estomac.

— Tu ne sais pas de quoi tu parles, dit-elle dans un murmure. C'est justement pour sauver la famille que j'agis ainsi.

Duncan avait saisi Tim par le bras.

— Elle a raison. Et puisque nous y sommes, je vous recommande fortement de vous présenter au centre à 9 heures demain matin. Sans quoi, un mandat d'arrêt sera lancé contre vous.

Le regard de Tim allait de l'un à l'autre.

— Vous vous êtes ligués contre moi. Bon sang, Annie, tu me trahis pour ce salaud ?

Duncan s'approcha un peu plus, s'interposant entre eux.

— Cela suffit, McCoy. Il est temps que vous partiez. Et rappelez-vous : 9 heures demain matin.

— Pourquoi attendre ? répliqua Tim en le défiant du regard. J'y vais de ce pas.

— C'est dans votre intérêt.

Tim se dégagea de l'emprise de Duncan d'un geste brusque. Arrivé à la porte, il lui adressa un regard noir par-dessus son épaule.

— Tu t'en fiches, n'est-ce pas ?

Elle pinça les lèvres, se refusant à répondre. Tim ne raterait pas l'occasion de la manipuler si elle lui en donnait l'occasion. Elle n'avait jamais été capable de s'opposer à lui mais le moment était peut-être venu de commencer à le faire.

Elle redressa les épaules, affronta son frère du regard.

— Bonne chance, Tim. J'espère que ça va marcher pour toi.

— Peu importe que ça marche ou pas, siffla-t-il. Je ne te pardonnerai jamais.

Chapitre 3

Annie resta silencieuse durant tout le trajet jusqu'à l'hôtel mais Duncan avait une conscience aiguë de sa présence à ses côtés. Il aimait bien le parfum subtil et féminin dont elle s'était enveloppée. Il tourna la tête vers elle, coula un regard en biais sur ses cuisses fines et satinées.

— Vous êtes en colère contre moi ? Ou contre Tim ?

— Quoi ? Pas du tout. Monsieur Patrick, j'apprécie vraiment ce que vous faites pour Tim. Et il finira par faire de même, vous verrez.

« Peu probable », songea-t-il. Mais il lui était déjà arrivé de se tromper. Peut-être qu'une bonne cure de désintoxication était ce qu'il fallait à Tim. Et puis, si ça ne marchait pas, il pourrait toujours le faire jeter en prison.

— J'ai tenté de le joindre toute la semaine pour lui expliquer, précisa-t-elle. En vain. C'était la première fois aujourd'hui que je le voyais depuis que nous avons conclu notre marché. Cela l'a rendu fou de rage.

— Il s'en prend à vous parce que c'est la solution de

facilité. Il ne veut pas admettre qu'il a un problème, aussi rejette-t-il la faute sur les autres. C'est beaucoup plus simple, vous comprenez.

— Je sais. Mais c'est quand même dur à entendre.

« Quelle chance cet abruti a-t-il d'avoir une sœur comme Annie ! » se dit-il. Mais de cela non plus il ne devait pas avoir conscience.

— Ça va aller ? s'enquit-il gentiment.

— Vous voulez savoir si je vais parvenir à tenir mon rôle ? La réponse est oui. En tout cas, j'en étais sûre avant que Tim fasse irruption chez moi.

Elle se mordit la lèvre, hésitant à poursuivre.

— Je ne suis pas très bonne à ce petit jeu-là.

Il était bien temps de s'en rendre compte, songeait Duncan que la franchise de la jeune femme amusait.

— Quoi ? Vous rendre à des soirées en ma compagnie ? Cela n'a rien d'extraordinaire, vous savez. Restez souriante, lancez-moi des regards emplis d'adoration. Vous avez passé vos diplômes universitaires haut la main. Cette épreuve devrait vous paraître facile en comparaison.

— Dois-je comprendre que je suis censée ne pas m'exprimer ?

— Ce n'est pas ce que j'ai dit. D'ailleurs, j'ai cru remarquer que vous aviez le sens de la repartie.

— C'est parce que vous m'impressionnez moins qu'une pièce remplie de gens que je ne connais pas.

— Dans ce cas, vous pourriez m'appeler Duncan plutôt que « M. Patrick ».

Elle exhala un petit soupir qu'il trouva sexy en diable. Le genre de soupir qu'une femme laissait échapper lorsque…

Il interrompit net le fil des pensées érotiques qui lui venaient à l'esprit. Elle était certes beaucoup de choses mais la trouvait-il *vraiment* sexy ? Son regard se posa de nouveau sur ses jambes dénudées. D'accord, elle était sexy. Mais c'était hors de propos. Il l'avait embauchée pour un travail bien précis, et rien de plus. D'ailleurs, elle n'était pas du tout son type.

— Duncan, l'entendit-il dire dans un souffle.

Il tourna la tête vers elle. Leurs regards se croisèrent. Ses yeux étaient d'un bleu profond, bordés de longs cils sombres. Il apprécia la coiffure qui libérait la masse de ses cheveux en boucles ondulant gracieusement sur ses épaules. La tenue était parfaitement appropriée aux circonstances, sans parler du fait qu'elle mettait ses formes en valeur.

— Vous êtes parfaite, la félicita-t-il.

Elle tira nerveusement sur le bord de sa robe.

— C'est Cameron. Il a été génial ! Il ne manque pas d'humour mais il est très compétent. La mode n'a aucun secret pour lui. Il a même établi une liste de ce que je dois porter et avec quoi je dois le porter.

— Cameron connaît bien son boulot.

— Il m'a confié que vous aviez partagé la même chambre à l'université.

Il émit une sorte de gloussement amusé.

— C'était la première fois que je me retrouvais en

présence d'un homo. J'avoue que je n'étais pas vraiment enchanté de l'avoir pour camarade de chambre.

— Trop macho, c'est ça ?

— En partie, admit-il avec franchise. J'avais peur qu'il ne me saute dessus pendant la nuit, ce qui était parfaitement stupide, je le reconnais. Il nous a fallu un peu de temps, mais nous avons fini par devenir amis. Lorsqu'il est revenu à L.A. il y a quelques années et qu'il a monté sa propre société, il m'a recontacté. J'ai accepté de figurer sur la liste de ses clients.

— Il a été adorable. Mes cousines et Kami ont passé un bon moment, elles aussi.

— Elles vous ont accompagnée ?

— Oui. Vous m'avez dit que je pourrais garder les vêtements, ce qui est vraiment très gentil à vous, mais honnêtement, vous me voyez porter ce genre de fringues en dehors de ces soirées ? Elles ne sont pas très adaptées à ma profession. Aussi, tout le monde est venu avec moi et m'a donné son avis personnel. J'ai choisi des tenues qu'elles pourront porter, nous avons toutes la même taille.

— Vous voulez dire que vous comptez leur offrir vos tenues lorsque ce sera fini ?

— A moins que cela vous pose un problème, bien sûr.

— Elles vous appartiennent. Libre à vous d'en disposer comme bon vous semble.

— Merci.

Il avait du mal à accepter l'idée qu'une femme puisse céder sans véritable motivation une garde-robe de ce prix. Certes, ses commentaires avaient leur logique mais n'avait-elle donc jamais de rendez-vous galant ? Ne pouvait-elle les garder juste parce qu'elle en avait l'opportunité ? C'était un point qu'il lui faudrait éclaircir car, pour lui, tout combat requérait de comprendre son adversaire afin de pouvoir exploiter ses faiblesses.

Ce n'était pas parce qu'il achetait son temps à Annie qu'il allait pour autant lui faire confiance, n'est-ce pas ?

Annie passa les mains sur le cuir lisse de son siège. La voiture, une berline de marque allemande, sentait encore le neuf. Le moteur était silencieux, le tableau de bord faisait étalage de gadgets paraissant d'utilisation complexe. Quant à la chaîne stéréo, elle donnait l'impression que mieux valait posséder un diplôme d'ingénieur pour pouvoir s'en servir.

— Votre voiture est vraiment bien, dit-elle. La mienne fait un drôle de bruit mais mon garagiste m'a affirmé que ça n'avait aucun impact sur la conduite. C'est juste gênant quand je veux chanter avec la radio.

— Vous ne pouvez pas la faire réparer ?

Elle lui coula un regard en biais.

— Bien sûr. Dès que j'aurai gagné au loto. Mais d'abord c'est de pneus neufs dont j'ai besoin. Le problème avec les voitures, c'est qu'il faut toujours changer quelque chose. Mais ça va. Ma voiture et moi, nous avons passé un marché, nous aussi : elle démarre tous les matins et je m'engage à ne pas la remplacer.

— Vous parlez à votre voiture ? demanda Duncan que cette perspective semblait amuser.

— Evidemment. Pas comme vous, j'imagine.

— Votre voiture et moi, nous ne nous connaissons pas.

— Je peux vous la présenter si vous voulez.

— Non merci, dit-il en prenant à droite au feu de signalisation.

— Au fait, je me demandais ce qu'il faudrait répondre aux gens lorsqu'ils nous demanderont comment nous nous sommes rencontrés. C'est la question qui vient juste après : « Depuis quand vous connaissez-vous ? »

— Trois mois.

« O.K. », nota mentalement la jeune femme.

— Nous pourrions raconter que c'était pendant le week-end de Labor Day. Vous étiez en route pour la plage lorsque vous m'avez vue, arrêtée sur le bas-côté, un pneu crevé. Vous vous êtes arrêté pour me proposer votre aide.

— Personne ne croira une histoire pareille.

— Vous ne vous seriez pas arrêté ? s'enquit-elle en faisant de son mieux pour masquer sa désapprobation. Vous devez aider les gens si vous voulez avoir un bon karma.

— Et si je ne crois pas au karma ?

— Vous avez tort.

— Si c'était vrai, je n'aurais pas réussi comme j'ai réussi.

— Pourquoi cela ?

— Vous n'avez donc rien lu sur moi ? Je suis un

parfait salaud. Je vous ai même engagée pour faire croire le contraire.

— Si vous étiez comme vous dites, vous auriez balancé Tim aux flics à l'instant même où vous avez découvert qu'il vous volait. Vous l'auriez obligé à vous rendre votre argent.

— Je ne voulais pas que la presse s'empare de l'affaire. Faites attention, Annie. Ne commettez pas l'erreur de me croire meilleur que je ne suis. Vous risqueriez de tomber de haut.

La salle de bal de l'hôtel était immense et le décor, raffiné. La musique que jouait un groupe en costume couvrait le bruit des conversations. Pour se donner une contenance, Annie s'était plongée dans la contemplation du contenu de son verre de soda au citron, faisant de son mieux pour cacher la panique qui s'était emparée d'elle. Des groupes de gens élégants bavardaient et riaient entre eux. Les diamants étincelaient, si nombreux qu'ils auraient pu former une guirlande allant jusqu'au Montana. Quant aux chaussures que portaient ces prestigieux invités ce soir-là, leur prix aurait largement pu combler le montant du déficit national.

Le monde dans lequel évoluait Duncan était certes intéressant mais aussi éloigné du sien qu'une planète lointaine. Toutefois, elle était payée pour faire un boulot bien précis, aussi resta-t-elle à ses côtés, lui souriant avec adoration, serrant sans fin la main de gens qu'elle oublierait aussitôt.

— Depuis combien de temps Duncan et vous vous connaissez-vous ? lui demanda une élégante d'une quarantaine d'années.

— Trois mois, récita-t-elle. Nous nous sommes rencontrés au cours du week-end de Labor Day.

— Autant dire une éternité pour notre Duncan. Vous devez avoir quelque chose de spécial.

— C'est lui qui est spécial, rétorqua-t-elle ingénument.

— Vous n'êtes pas exactement son type de femme.

Duncan, qui avait dû entendre, passa son bras autour de la taille de la jeune femme et l'attira tout contre lui.

— Il faut croire que j'ai changé de type.

— C'est ce que je vois, en effet.

Elle se blottit contre son épaule, trouvant cette proximité moins éprouvante qu'elle l'avait imaginé. Duncan était grand et musclé et il émanait de lui une puissance qui, loin de la rendre nerveuse, lui procurait un sentiment de sécurité. Un peu comme si rien de mal ne pouvait lui arriver tant qu'elle serait à l'abri de ses bras.

« Ce n'est qu'une illusion, se rappela-t-elle. Une douce illusion mais une illusion quand même. »

Lorsque la femme se fut éloignée, Duncan la conduisit vers un autre groupe d'hommes et fit les présentations. L'un d'eux, maigre et pâle, travaillait comme journaliste pour un magazine spécialisé dans les affaires.

— Cela vous dérange si je vous pose quelques

questions ? demanda-t-il à Annie en l'entraînant un peu à l'écart.

— Non, répondit-elle. Tant que ma nervosité ne vous dérange pas.

— Vous ne lisez pas la presse ?

— Pas vraiment.

— Vous ne pouvez pas sortir avec un type comme Duncan Patrick et espérer passer inaperçue.

— C'est ce qu'on m'a dit, en effet.

Le journaliste poursuivit :

— Comment vous êtes-vous rencontrés ?

Elle déballa son histoire sur le week-end de Labor Day et le pneu crevé. Ce qui ne parut pas convaincre l'homme.

— Il paraît que vous êtes enseignante ?

— Institutrice de maternelle. J'adore faire travailler les tout-petits. Ils sont si excités d'aller à l'école ! Et c'est à moi qu'incombe la responsabilité de préserver cet enthousiasme, moi encore qui dois les préparer à suivre avec succès dans les classes supérieures. Lorsque l'on parvient à transmettre à ces jeunes enfants la joie d'apprendre, alors on est presque sûr de les amener jusqu'à l'université.

Le journaliste eut un hochement de tête qui se voulait approbateur.

— Pourquoi Duncan Patrick ?

Un sourire béat vint fleurir sur ses lèvres.

— Parce que c'est un homme merveilleux. En fait,

ce qui m'a séduite en premier chez lui, c'est son rire. Il a un rire si communicatif !

L'homme cligna des yeux, affichant cette fois un air sceptique.

— Je ne l'ai jamais entendu rire.

— Peut-être manquez-vous d'humour, riposta-t-elle en voyant Duncan s'approcher d'eux.

— M'accorderais-tu cette danse ?

Sans attendre sa réponse, il lui prit son verre des mains et le posa sur un plateau. Elle fit un petit signe amical au journaliste puis tapota le bras de Duncan.

— Je ne sais pas vraiment danser.

— C'est facile. Vous n'aurez qu'à vous laisser guider.

— Et si nous jouions plutôt au jeu du facteur ? Nous sommes assez nombreux et là, je suis championne.

Il s'arrêta net, se tourna vers elle et éclata de rire. Elle fut satisfaite de constater qu'elle ne s'était pas trompée. Il avait bien un rire communicatif.

— Ça va bien se passer, la rassura-t-il en la serrant contre lui.

— Si vous le dites. Mais je vous aurais prévenu. Ne venez pas vous plaindre si je vous écrase les orteils.

Il avait beau être plus grand qu'elle, leurs deux corps s'épousaient parfaitement. Il se mouvait avec une assurance qui lui permettait de le suivre facilement et la guidait avec son corps, main fermement plaquée sur sa taille. Après quelques pas hésitants, elle commença à se détendre.

Elle aimait son odeur, subtile mais virile. Et le tissu

de son costume aussi, si doux sous ses doigts. Une onde de chaleur l'enveloppa soudain. Une onde de chaleur doublée d'un frisson de désir, là, au creux de son ventre.

Du désir ? Il n'était pas question de désir entre eux. Elle était payée pour travailler, pas pour éprouver quoi que ce soit pour Duncan Patrick. La séduction ne faisait pas partie du contrat. Il était son patron et le temps passé ensemble ne l'était que pour tromper la galerie.

Elle s'expliqua sa réaction par une trop longue période d'abstinence. C'était un peu comme une faim à assouvir. N'importe quel aliment ferait l'affaire, même si elle n'aimait pas vraiment ce qu'elle avait dans son assiette.

Evidemment, c'était plus simple avec Duncan qu'avec le tout-venant. Il était si beau ! Elle se laisserait séduire tout en restant prudente. Elle avait l'impression de vivre un conte de fées. Elle était Cendrillon et le bal prendrait fin à minuit. Ou plutôt, dans son cas, à Noël. La différence, c'est qu'elle ne perdrait pas de pantoufle de vair et que, à la fin, son prince charmant ne voudrait pas d'elle.

Deux heures plus tard, Duncan se disait qu'Annie avait largement comblé ses attentes. Elle s'était débrouillée pour raconter son histoire de pneu crevé une bonne douzaine de fois, avec des accents d'une telle sincérité que lui-même avait failli y croire. Les invités avaient paru charmés par la spontanéité de la jeune femme. A plusieurs reprises, il avait même surpris des regards interrogateurs, les gens se demandant ce qu'un homme comme lui pouvait faire avec une femme aussi… charmante.

Même Charles, le journaliste, avait semblé sous le charme. Parfait. Il écrirait un article favorable qui rattraperait les autres, jusque-là négatifs, et le montrerait à son avantage.

Il alla chercher des boissons au bar et revint vers elle. Il lui tendit le soda citron qu'elle avait demandé — autre bon point, elle ne buvait pas d'alcool —, et se pencha vers elle tandis qu'elle lui touchait le bras pour attirer son attention.

— J'étais en train de dire à Charles que son info était bidon, lui apprit-elle. Tu ne vas pas fermer les aires de transport que vous possédez en Inde à un mois de Noël. Non seulement cela mettrait les gens au chômage durant cette période de fête, mais c'est votre saison la plus chargée. Vous allez avoir besoin de tous vos employés.

Elle n'avait pas tort, songea-t-il. Mais les lignes rurales que desservaient ces voies n'étaient pas assez rentables.

Elle le dévisageait fixement, dans l'attente d'une réponse. Il devina à son air grave qu'elle attendait vraiment de lui qu'il renonce à cette décision. Charles, lui, s'attendait au pire, comme toujours.

Il jura intérieurement, se souvenant à temps qu'il était là pour redorer son image.

— Annie a raison. La ligne restera ouverte au moins jusqu'au 1er janvier.

Charles leva un sourcil sceptique.

— Je peux citer ce que vous venez de dire ?

Il hocha la tête.

— Très intéressant, commenta le journaliste en s'éloignant.

— Comment peut-il penser que vous êtes capable d'une chose pareille ? dit-elle dès qu'ils furent seuls. Personne ne pourrait se montrer aussi cynique. C'est Noël, tout de même !

Elle s'interrompit pour prendre le temps de siroter une gorgée de son verre.

— C'est la période de l'année que je préfère, reprit-elle. Dans la famille, nous sommes de vrais adeptes de ces fêtes. Chaque année, nous achetons un énorme sapin qui ne rentre pas dans la maison et que nous sommes obligés de couper. Mais aussi, ils ne paraissent pas si grands lorsqu'on les voit tous ensemble. Et puis, il a les décorations, la cuisine. J'adore aussi les chants de Noël. Jenny et Julie commencent à se plaindre au bout de deux jours mais je finis toujours par les convaincre qu'ils sont indispensables à une bonne ambiance de fête. Et vous, quelles sont vos traditions ?

— Je n'en ai pas.

Il vit ses yeux s'agrandir sous l'effet de la surprise.

— Mais pourquoi ?

— Parce que c'est un jour comme un autre, Annie.

— Pas du tout ! C'est Noël. Un jour placé sous le signe de la famille et de l'amour. Un jour où l'on voudrait que la paix règne dans le monde entier.

— Vous êtes trop naïve, Annie. Vous auriez besoin de vous endurcir un peu.

— Et vous, vous auriez besoin de vous détendre un tantinet. Vous ne décorez même pas votre maison ? insista-t-elle.

Il imagina la tête de son majordome s'il débarquait dans son luxueux appartement avec un sapin à fixer sur le précieux parquet en bambou.

— En général, je ne suis pas chez moi pendant les fêtes. Je pars skier ou je prévois un séjour au soleil.

— Et votre famille ?

— Je n'ai que mon oncle et, visiblement, il se passe très bien de moi.

Elle n'avait pas l'air de saisir ce qu'il lui disait, comme s'il lui parlait dans une langue inconnue.

— Ne me dites pas que vous n'échangez de cadeaux avec personne.

— C'est pourtant le cas.

— C'est si important, les traditions ! Se retrouver tous réunis, c'est quand même quelque chose, non ?

— Vous avez toujours été aussi romantique ?

— Manifestement. Et vous, vous avez toujours été aussi cynique ?

— Toujours.

Sa franchise la fit rire.

— Au moins, vous avez le mérite de le reconnaître. En termes de guérison, il paraît que c'est le premier pas qui compte.

— Mais je me sens parfaitement normal, merci.

— Je vous parie que sur dix personnes prises au hasard, la grande majorité pencherait en faveur de mes traditions.

— Je n'ai besoin de l'avis de personne pour savoir que je suis normal.

— Vous au moins, vous n'avez pas besoin de faire de gym. Trimballer un ego aussi lourd suffit amplement à vous maintenir en forme.

Elle éclata de nouveau de rire, ce qui le fit sourire. Il la trouvait plus jolie que la première fois où il l'avait vue. Plus sûre d'elle aussi, lorsqu'elle oubliait d'être timide. D'une loyauté frisant la stupidité dès qu'il s'agissait de son frère, mais tout le monde avait ses défauts, n'est-ce pas ?

Les réponses qu'elle lui avait envoyées par mail un peu plus tôt avaient quelque peu éclairé sa lanterne sans toutefois élucider le mystère sur qui elle était vraiment. D'un point de vue pratique, elle correspondait parfaitement à ce dont il avait besoin : une jeune femme charmante, un peu lisse. Pourtant, par certains côtés, il la trouvait touchante.

Sans y réfléchir vraiment, il se pencha vers elle et pressa ses lèvres sur les siennes. Il la sentit se raidir légèrement avant de se laisser aller. Sa bouche était chaude et sensuelle. Conscient des regards rivés sur eux, il s'écarta d'elle et capta l'éclair de surprise qui passa dans son regard.

— Nous n'avons pas évoqué la possibilité de nous embrasser, murmura-t-elle d'une voix un peu rauque.

Nous devrions rajouter une clause spéciale dans notre contrat.

— Une clause relative aux baisers ? la taquina-t-il.

Elle opina d'un hochement de tête.

— Il nous faut définir clairement les limites et renforcer celles déjà établies.

— Nous ne sommes pas dans votre salle de classe.

— Ce n'est pas une raison pour ne pas y réfléchir.

Chapitre 4

Duncan arriva à l'heure pour le traditionnel déjeuner hebdomadaire avec son oncle. Une tradition. « Voilà qui plairait à Annie », pensa-t-il.

Lawrence était déjà là, assis à leur table habituelle, un verre de scotch devant lui. Il fit signe à son neveu dès qu'il le vit arriver.

— Je ne t'en ai pas commandé, dit-il en se levant pour le saluer. Je sais que tu ne bois pas pendant les heures de bureau.

Ils s'assirent et, comme à son habitude, il ne s'embarrassa pas de la carte. Il prenait toujours la même chose. Le serveur lui apporta un café puis disparut.

— Bon boulot, commenta Lawrence en désignant le journal plié sur la table. L'article est positif. Mais maintenant que tu as annoncé que tu ne fermerais pas les aires de transport en Inde avant Noël, tu ne vas plus pouvoir faire machine arrière.

— Ce n'est pas mon intention.

— Cette fille me paraît intéressante. Comment s'appelle-t-elle ?

— Annie McCoy.

— Elle est vraiment institutrice ?

— Oui. Elle est exactement telle que tu voulais qu'elle soit. Sympathique, charmante, très attachée à la famille et douée d'un grand sens pratique.

— Le journaliste semble conquis, reprit Lawrence en s'emparant de son verre. Combien de temps comptes-tu jouer cette petite comédie ?

— Jusqu'à Noël.

Les yeux gris de son oncle s'étrécirent tandis qu'il demandait :

— Les choses restent-elles dans un cadre strictement professionnel entre vous ?

Repensant au baiser furtif qu'Annie et lui avaient partagé, il chercha à se persuader qu'il n'avait agi que pour tromper la galerie.

— Nous ne sortons pas véritablement ensemble, si c'est ce que tu veux savoir. Je l'ai embauchée pour un travail précis et rien de plus.

— J'aimerais bien la rencontrer.

— Laisse tomber, tu es trop âgé pour elle.

Lawrence sourit à son trait d'humour.

— Laissons-la juger, tu veux bien ?

Ils laissèrent le serveur prendre la commande puis discutèrent affaires durant tout le repas.

Sur le chemin du retour, le téléphone portable de Duncan sonna. Un rapide coup d'œil sur l'écran lui apprit que ce numéro lui était inconnu.

— Oui ?

— Bonjour. C'est Annie.

— Vous avez un problème pour demain soir ?

— Non. Je voulais juste vous dire que cet après-midi nous allons acheter notre sapin de Noël et je voulais vous proposer de nous accompagner.

Il fixa son téléphone un instant avant de répondre.

— Pourquoi ?

Il imagina son sourire tandis qu'elle répondait :

— Parce que c'est amusant et que vous plonger pour une fois dans l'ambiance de Noël vous ferait le plus grand bien. Mais n'y voyez là aucune pression de ma part. Vous êtes libre de refuser.

— A quelle heure ? s'entendit-il demander.

— 16 heures. Chez moi. Vous n'auriez pas une camionnette par hasard ? Le sapin dépasse toujours du toit de ma voiture.

— J'ai une flopée de camionnettes, Annie. C'est mon métier, vous vous rappelez ?

— Pourrions-nous vous en emprunter une ? Une toute petite ?

Il passa le mobile sur son autre oreille.

— En fait, c'était pour ça. Pour m'emprunter une camionnette.

— Non, pas du tout. Enfin, un peu, mais je vous aurais proposé de nous accompagner même si vous aviez refusé.

— Je ne sais pas si je dois vous croire.

— Je ne vous mentirais pas, Duncan. Vous le savez bien.

— A 16 heures chez vous, fit-il avant de raccrocher.

Des femmes lui avaient déjà menti. Beaucoup de femmes. Elles mentaient toujours pour obtenir ce qu'elles voulaient. Quelquefois, même, pour le plaisir. Valentine remportait la palme des menteuses. Elle lui avait dit l'aimer. Puis elle l'avait quitté.

Annie s'apprêtait à troquer sa robe et ses chaussures basses contre un jean et un pull, plus confortables. C'était toujours ce qu'elle faisait lorsqu'elle rentrait de l'école. Sauf que, cette fois, elle n'allait pas rester chez elle à traînasser. Elle allait revoir Duncan et elle avait beau tenter de se persuader que cela ne faisait aucune différence, elle n'en était pas totalement convaincue.

Pour être honnête, il la troublait. Il faut dire que ce n'était pas chose courante de louer ses services pour la faire passer pour sa petite amie. Elle avait lu sur internet et dans les magazines tous les articles le concernant. Il en ressortait invariablement que Duncan Patrick était le pire salaud du monde des affaires. Pourtant, il lui avait payé une garde-robe de rêve sans regarder à la dépense, il avait donné à Tim une chance de s'en sortir et puis… il l'avait embrassée.

Ce baiser était le point marquant de ces derniers jours mais elle rechignait à s'appesantir là-dessus. Duncan l'avait embrassée pour rendre son rôle plus crédible. Un baiser sans signification particulière, presque machinal. Enfin, pour lui. Parce qu'elle… Elle, elle en avait frissonné de la tête aux pieds. Des frissons différents de ceux éprouvés lorsqu'ils avaient dansé ensemble. Des frissons de désir qui avaient électrisé tout son corps, qui lui avaient procuré une chaleur moite entre les seins, entre les cuissses ; qui lui avaient donné l'envie de l'embrasser sans fin, de s'imaginer nue dans le même lit que lui.

« Concentre-toi », s'enjoignit-elle en enfilant son jean.

Elle n'était habituellement pas du genre à fantasmer sur un homme après un unique rendez-vous. D'autant plus si l'homme en question n'avait aucune chance de devenir son amant. Mais quelque chose s'était produit lorsqu'il avait réclamé ses lèvres. Un sentiment merveilleux qui l'avait fait flotter dans une dimension irréelle.

Elle s'apprêtait à passer un vieux sweat imprimé d'oies se dandinant en rangs serrés lorsqu'elle se demanda si elle ne devrait pas mettre quelque chose d'un peu moins lâche, d'un peu plus flatteur. Quelque chose qui pousserait Duncan à la voir comme…

Comme quoi ? Comme une femme ? — Il l'avait déjà fait.

Comme sa petite amie du moment ? — Il la payait pour tenir ce rôle.

Et, d'ailleurs, elle avait déjà eu le cœur brisé par deux garçons. A quoi bon en rajouter un troisième ?

Elle attrapa son sweat et le passa d'un geste déterminé par-dessus sa tête. « Reste sur tes gardes », se chapitra-t-elle.

Il ne lui restait plus qu'à garder cet objectif en tête.

— Nous ne décorerons pas l'arbre ce soir, annonça-t-elle tandis qu'elle prenait place dans le siège passager de la camionnette. Les filles ont toutes quelque chose à faire. Finalement, cela tombe bien, car nous sommes censées garder l'arbre dans le garage pendant deux jours avant de le rentrer dans la maison.

— Pourquoi ? Ce n'est pas comme un chiot. Il n'a pas besoin de s'habituer à être loin de sa mère.

Cette comparaison la fit rire.

— C'est à cause des branches. Elles s'affaisseraient trop vite. Dès que nous rentrerons, nous le mettrons dans l'eau afin qu'il ne se dessèche pas.

Il était arrivé pile à l'heure. Si l'on en jugeait d'après le costume qu'il portait, il était venu directement de son bureau.

— Je ne vous ai pas dérangé dans votre travail, au moins ? s'enquit-elle.

— Rien qui ne puisse attendre, répondit-il avec un sourire. Mais j'avoue que mon assistante était surprise de me voir partir si tôt.

— Imaginez un peu si vous lui aviez dit où vous vous rendiez !

Il émit un gloussement amusé.

Elle observa son profil. Elle aimait l'angulosité de ses traits, sa mâchoire volontaire, le dessin parfait de sa bouche. L'embrasserait-il encore ? Parce que, s'il l'embrassait encore en dehors du cadre qu'ils s'étaient fixé, ce serait bien la preuve qu'il avait aimé ce baiser autant qu'elle.

« Foutaises », se dit-elle.

Il était son employeur et rien d'autre. Quant à ses projets d'avenir familiaux avec mari et ribambelle d'enfants à choyer, il lui faudrait revoir ses prétentions à la baisse.

Ils se garèrent sur le parking de l'aire réservée à la vente des sapins. Jenny, Julie et Kami étaient déjà là.

— Tenez bon, le prévint-elle. Vous êtes sur le point de rencontrer vos adversaires.

— Je devrais savoir m'y prendre.

— C'est ce que croient les hommes, juste avant qu'ils ne fassent leur connaissance. Enfin, je vous aurais prévenu.

Elle le regarda descendre de la camionnette et se présenter à ses cousines et à Kami. Le plus facile venait d'être fait.

— Cet article sur vous paru dans le *Time* du mois de mars était très intéressant, attaqua en premier Julie. La presse vous déteste cordialement !

— C'est l'un des inconvénients de mon métier, répliqua Duncan d'un ton lisse.

— Sauf que vous n'êtes pas le seul P.-D.G. du monde et que tous ne sont pas haïs comme vous l'êtes, fit remarquer avec justesse Jenny. Je vous accorde qu'ils n'ont pas été très fair-play dans l'histoire des mobile homes. Ils ont omis de préciser que vous aviez relogé tous les résidents dans de très bonnes conditions.

— Le problème, renchérit Julie avec une pointe de perfidie, c'est lorque tout le monde est d'accord pour dire que vous êtes détestable. S'il n'y avait qu'une personne pour le penser, on pourrait croire que cette personne ment.

— Que voulez-vous, je suis un éternel incompris !

Tandis que les jumelles s'intercalaient entre lui et leur cousine, Kami, elle, préférait se taire. Elle semblait mal à l'aise.

— Qu'est-ce que c'est que cette inquisition ? plaisanta Annie pour détendre l'atmosphère.

L'attitude protectrice de ses cousines la touchait au plus profond d'elle-même. Elle n'avait peut-être pas de mari ni d'enfants mais elle avait une famille. Il ne fallait pas qu'elle l'oublie.

— Elles ont de l'avenir dans le droit, commenta Duncan en reprenant le même mode taquin.

— Je ne serai jamais avocate mais je serai toujours là pour veiller sur Annie. Et la défendre.

Il porta sur les jumelles un regard incrédule. Ces deux jeunes filles étaient-elles vraiment en train de le menacer ? Elles n'avaient ni argent ni ressources et, en terme de lutte de pouvoir, il leur ferait mordre la poussière en moins de deux.

Néanmoins, il se garda bien de leur livrer le fond de sa pensée.

— Allons, les filles, vous exagérez, dit Annie, mal à l'aise. Duncan, je suis désolée. Je ne pensais pas que vous seriez victime d'une telle cohalition.

Il se tourna vers les cousines.

— Annie et moi avons conclu un marché. Ne vous inquiétez pas, tout se passera bien.

— Jurez-le.

— Vous avez ma parole.

Il pensait sincèrement ce qu'il disait. Même si Annie et lui n'avaient signé aucun accord écrit, il n'avait aucune intention de lui briser le cœur. Cela lui faciliterait sacrément les choses !

Ils pénétrèrent dans l'aire de vente, les filles se déployant en avant, Annie restant en arrière avec lui.

— Je suis désolée, commença-t-elle. J'espère qu'elles ne vous ont pas offensé.

— Ne le soyez pas. Je les respecte de penser qu'elles peuvent prendre le dessus. C'est très courageux de leur part.

Elle inclina légèrement la tête de côté. Des boucles blondes caressèrent son épaule.

— Vous ne les respectez pas, affirma-t-elle d'une voix posée. Vous les trouvez stupides.

— Un peu aussi, c'est vrai.

— Ce sont les liens du sang, que voulez-vous. Nous formons une équipe, comme vous et votre oncle.

Si Lawrence et lui formaient quelque chose, ce n'était certes pas une équipe. Mais il préféra opiner en silence. C'était plus facile que de se lancer dans de grandes explications. Il la vit qui observait attentivement les rangées de sapins.

L'air était imprégné d'une forte odeur de résine. Quelques acheteurs essayaient de se faire entendre par-dessus les chants de Noël, qu'une sono grésillante poussait à fond.

Tandis qu'Annie passait d'arbre en arbre, il avisa les filles qui, arrêtées devant un sapin, étudiaient le prix affiché sur l'étiquette. Une moue de frustration passa sur leur visage avant qu'elles ne poursuivent leur recherche.

Annie, elle, était en arrêt devant un sapin mesurant bien cinq mètres de haut.

— Je vous rappelle que votre plafond fait deux mètres cinquante, dit-il en passant derrière elle. Essayez de tirer un enseignement de vos erreurs passées.

— Ce qui veut dire que je dois renoncer à acheter cet arbre, admit-elle en soupirant. Mais il est si beau !

Elle regarda le prix affiché. Quatre-vingt-cinq dollars.

— Pas tant que ça, finalement.

— Combien voulez-vous y mettre ? s'enquit Duncan.

— Environ quarante dollars. Même moins si possible. J'aime bien venir ici, dit-elle tout à trac, c'est une entreprise familiale. Les sapins y sont un peu plus chers qu'ailleurs mais ils sont coupés de frais, et puis c'est une espèce de tradition de venir acheter notre arbre dans cette maison.

— Toujours votre fameux attachement aux traditions, n'est-ce pas ?

— Mmm. C'est ce qui rythme la vie, les traditions. Vivre la même chose, année après année. C'est à la fois drôle et rassurant.

Il se sentit soudain dans la peau d'un Harpagon qui passait sa vie à compter son magot sans en profiter vraiment.

Elle s'arrêta de nouveau devant un arbre puis elle lui lança un regard interrogateur.

— Et celui-ci ? Il n'est pas trop grand ?

— Il me paraît encore un peu haut.

Un nouveau coup d'œil au prix. Soixante-cinq dollars. La voyant encore hésiter, il faillit lui demander comment vingt-cinq malheureux dollars pouvaient faire la différence. Il se tut, sachant que si elle le pouvait, elle, qui était l'incarnation même des merveilleuses traditions de Noël, paierait sans discuter.

Il s'excusa auprès d'elle et alla trouver le propriétaire des lieux. Une brève discussion et un échange d'argent plus tard, il était de retour.

— Allons voir s'il n'y aurait pas des sapins soldés dans un coin, proposa-t-il, l'air de rien.

Il récolta pour tout bénéfice un regard chargé de commisération.

— Les prix ne baisseront qu'à deux jours de Noël, lui apprit-elle, en experte qu'elle était. Pas avant.

— Qu'en savez-vous ? Peut-être ont-ils des retours ou je ne sais quoi encore.

— Personne ne ramène un sapin acheté. Cela n'existe pas.

— Et si vous vous trompiez ? insista-t-il en souriant.

Elle poussa un soupir laissant supposer qu'elle se résignait.

— Très bien, je vais voir. Même si je sais pertinemment qu'il n'y a aucun retour ni aucun rabais dans l'industrie des sapins de Noël.

Il la suivit des yeux tandis qu'elle se lançait à son tour à la recherche du propriétaire. Il vit l'homme pointer trois arbres qui se trouvaient rassemblés dans un coin. Le regard d'Annie alla de Duncan au vendeur. Il s'approcha pour mieux entendre la conversation.

— Sérieusement ? Vous avez eu des retours ? disait Annie d'un ton incrédule.

— Nous en avons tout le temps. Quelle est la hauteur de votre plafond ?

— Deux mètres cinquante.

Elle s'adressa aux filles qui venaient de la rejoindre.

— Vous entendez ça ? Ceux-là ne sont qu'à trente dollars.

Elles ouvrirent un débat interminable sur les mérites de chaque arbre. Au bout d'un temps qui lui parut une éternité, elles finirent par se mettre d'accord et le sapin fut hissé dans la camionnette.

Annie reprit sa place dans le siège passager et attendit qu'il se soit installé au volant pour lui effleurer le bras.

— Merci, dit-elle d'une voix lisse. Je ne sais pas combien vous avez payé cet homme, et en temps normal je n'aurais jamais accepté un tel cadeau, mais c'est Noël et les filles tenaient vraiment à ce sapin. Alors, merci.

Il songea un instant à protester puis il se ravisa.

— Je devais retourner au bureau et vous n'arriviez pas à vous décider. Alors…

Elle le scruta intensément.

— Vous êtes un type bien. Pourquoi laissez-vous les gens croire le contraire ?

— Disons qu'il faut que je me montre ferme. Cela implique forcément de prendre des décisions qui ne sont pas toujours très populaires.

Il faut dire qu'il tenait aussi farouchement à son indépendance. Ne dépendre de personne, être la seule personne en qui avoir confiance et sur qui compter, tel était son credo. Annie avait beau croire aux vertus de la famille, lui en doutait.

— Vous n'avez pas besoin de donner de vous une image déplorable pour vous faire entendre.

— Quelquefois, si, affirma-t-il en mettant le moteur en marche.

Annie ne s'était jamais vraiment intéressée aux articles des magazines vantant les mérites de la relaxation. En outre, ses journées étaient bien trop remplies pour qu'elle puisse se payer un tel luxe. Elle considérait avoir passé une bonne journée si elle n'avait pas pris trop de retard dans la liste des choses qu'elle avait à faire, et une mauvaise si cette liste s'était allongée sans espoir de boucler tout ce qu'elle avait à faire.

Mais, alors qu'elle se trouvait attablée en compagnie de Duncan et de quelques-uns des hommes d'affaires avec qui il avait l'habitude de traiter, le regard fixé sur les innombrables couverts qui encadraient son assiette et dont elle ignorait pour la plupart l'utilisation, elle regretta amèrement de ne pas avoir sacrifié un peu de son précieux temps à la lecture de ces fameux articles. Elle y aurait appris la façon dont il fallait respirer en cas de crise de panique.

Tout juste savait-elle qu'il fallait commencer par utiliser les couverts se trouvant les plus à l'extérieur, pour remonter jusqu'aux derniers, placés à l'intérieur. Quant aux trois posés horizontalement au-dessus de l'assiette de présentation, il y avait de grandes chances pour que ce soient des couverts à dessert. Ou alors pour le dessert et le fromage. Et aussi peut-être pour le café. Cette drôle de petite fourchette, là, servait pour les crevettes, c'était sûr. Le couteau à poissons était facilement reconnaissable, mais qu'en était-il des trois autres ?

La carte était encore plus impressionnante. Aucun prix n'y figurait. Cela signifiait-il que chaque plat était à la carte ? Ou que le total, forcément astronomique, ne serait connu qu'en fin de repas, au moment de l'addition ?

Ce n'était pas que la note l'inquiétât outre mesure. Elle imaginait bien que le seul prix d'un bol de soupe suffirait à la faire tourner de l'œil. C'était juste qu'elle ne voulait pas commettre d'impair en sélectionnant le plat le plus cher.

Elle étudia de nouveau attentivement la longue liste des plats proposés. Elle connaissait à peu près la valeur d'une queue de langouste, du poisson du jour et du bœuf kobé. En évitant d'opter pour l'un d'eux, elle était sûre de choisir la sécurité. Elle s'attarda sur les plats de pâtes. Raviolis maison, lut-elle. Le plat préféré des jumelles.

— Tout va bien ? lui chuchota Duncan en se penchant vers elle. Vous semblez tendue depuis un moment.

— Nous n'aurions pas pu dîner dans un snack ? Commander un hamburger, par exemple, chuchota-t-elle en retour, ce qui le fit rire.

Les ondes de ce rire qu'elle aimait tant la pénétrèrent, aiguisant encore plus la conscience qu'elle avait de sa présence à ses côtés.

Elle le trouvait très séduisant dans son costume sombre. Duncan avait beau avoir été élu, deux années consécutives, P.-D.G. le plus détestable du monde des affaires, il n'en restait pas moins qu'il portait très bien le costume.

— Dîner d'affaires. Il nous fallait un endroit tranquille.

— Le McDo de mon quartier l'est tout autant. Après 20 heures.

L'un des trois serveurs attribués à leur table apparut soudain à sa gauche.

— Puis-je vous proposer un cocktail ? s'enquit-il d'une voix un brin obséquieuse.

Elle hésita à répondre, ne sachant si elle devait accepter ou attendre le vin.

— Vous avez déjà goûté un cosmopolitan ? lui souffla Duncan.

— Comme dans *Sex and the City* ? Non, mais j'adorerais essayer. Sont-ils vraiment roses ?

— Malheureusement, répondit Duncan qui, lui, commanda un scotch.

Un homme plus âgé vint se joindre à eux. Annie lui sourit machinalement tandis que Duncan le présentait comme Will Preston, le plus gros distributeur de matériel de plomberie de la côte Ouest.

— Ravi de vous rencontrer, fit l'homme en s'asseyant. Vous travaillez ?

— Je suis institutrice de maternelle, répondit la jeune femme.

Il se pencha vers elle pour lui parler.

— Alors peut-être pourrez-vous répondre à une question que je me pose. Ma femme adore que nous gardions nos petits-enfants et, lorsque arrive le moment qu'ils aillent se coucher, ils me demandent toujours de leur lire une histoire. Ce n'est pas que cela me dérange mais ils me réclament invariablement la même. Pourquoi cela ?

— Leurs cerveaux ne sont pas aussi développés que le vôtre, expliqua-t-elle. Ils n'ont pas toute une vie d'expérience derrière eux. Pour eux, tout est nouveau, tout le temps. L'histoire que l'on raconte au moment du coucher leur offre l'assurance de quelque chose qui leur est familier et ils aiment ça. Ils se sentent reliés à vous par ce rituel. Et puis, ils aiment probablement votre voix, la façon dont vous prononcez les mots. Tout cela, ils l'associent à vous. Sans le savoir, vous leur fabriquez leurs premiers souvenirs.

L'homme, manifestement intrigué, fronça les sourcils.

— Je n'aurais jamais pensé à une chose pareille.

Puis, soudain, son visage s'éclaira, comme s'il venait d'avoir une révélation.

— Merci Annie. Cela me donne envie de continuer le plus longtemps possible.

— Je l'espère. Parce que dans trente ans, lorsqu'ils liront des histoires à leurs propres enfants, ils se souviendront de ces moments privilégiés que vous avez partagés avec eux.

— Avez-vous choisi ? lui demanda Duncan qui semblait vouloir réclamer son attention.

Un dernier coup d'œil au menu puis elle se lança.

— Les filles se régaleraient de doggie bags emportés d'ici.

Elle se tut d'un coup, voyant l'expression médusée qu'il affichait. Evoquer des doggie bags dans un endroit pareil ne devait pas être de mise, se dit-elle, soudain mal à l'aise. Elle referma la carte et pinça les lèvres.

— Annie en connaît un rayon en matière de psychologie enfantine, disait Will à l'homme qui se trouvait en face de lui.

L'homme opina machinalement, sans toutefois pouvoir cacher l'ennui que lui inspirait un tel commentaire. Annie, embarrassée, se tortilla sur son siège.

Elle avait beau porter l'une des ravissantes robes de cocktail que Cameron avait choisies pour elle, elle ne se sentait pas à sa place, ici. Tous les hommes de l'assemblée étaient beaucoup plus âgés qu'elle et semblaient bien se connaître. Leurs épouses discutaient et riaient avec une décontraction qui lui donnait envie de se trouver à mille lieues de là.

Et si elle échouait dans sa mission ? Si Duncan décidait qu'elle n'était pas à la hauteur ? S'il changeait d'avis, qu'adviendrait-il de Tim ?

« Arrête », se reprocha-t-elle.

Quelle importance si ces gens occupaient tous des postes prestigieux et connaissaient, eux, l'usage que l'on devait faire de chacun de ces innombrables couverts ?

Elle était aussi intelligente que toutes les femmes ici présentes, elle exerçait un métier qu'elle adorait et, si quelqu'un avait du souci à se faire pour l'avenir, c'était Duncan. Pas elle. Il avait même beaucoup de chance de l'avoir dans sa vie.

— Puis-je savoir pourquoi vous souriez aux anges ? demanda Duncan en se rapprochant d'elle, une main négligemment posée sur le dossier de sa chaise. Vous êtes ivre ?

— Je n'ai bu qu'une gorgée.

— En effet, vous n'avez pas le profil d'un gros buveur.

— Non, mais je peux quand même boire un cocktail sans rouler sous la table.

— Vous cherchez à me remettre à ma place ?

— Vous n'avez pas besoin de ça. Mais méfiez-vous, Duncan, je suis plus forte que vous ne pensez.

— Je n'en doute pas, dit-il avec un petit rire.

***

Ce n'était pas la meilleure soirée qu'elle ait eu à passer. Loin s'en fallait même.

Elle parvint néanmoins à ne rien renverser, ne rien dire qu'elle aurait pu regretter et réussit même à ne pas s'effacer complètement. A un moment, c'est elle qui avait mené le débat sur les écoles pilotes et elle avait donné son avis sur le dernier film à sensation sorti sur les écrans.

Chacun se leva, prêt à partir, lorsque le serveur fit son apparition, deux gros sacs en papier marron à la main.

— Pour ces jeunes ogresses que vous hébergez, expliqua Duncan. Trois plats principaux et un dessert pour tout le monde. Cela devrait les tenir à l'écart de votre cachette secrète.

Elle fut à la fois surprise et touchée.

Tandis qu'ils se dirigeaient vers la sortie, elle ralentit le pas, laissant aux autres le temps de s'éloigner. Elle plaça les sacs en papier sur une table voisine, posa sa main sur l'épaule de Duncan et, se hissant légèrement sur la pointe des pieds, l'embrassa sur la joue.

— Au fond, vous n'êtes pas si mauvais que ça, lui murmura-t-elle à l'oreille.

Il passa un bras autour de sa taille et l'attira contre lui. Lorsqu'il l'embrassa à son tour, ce ne fut pas sur la joue. Il pressa ses lèvres sur les siennes avec une intensité qui lui coupa le souffle. Cette fois, elle ne pouvait douter du sens à donner à ce baiser.

Elle était plaquée contre lui, la main de Duncan la maintenant fermement en place. Elle ne pouvait lui échapper mais elle n'éprouvait aucune crainte, aucune envie de lutter. Au contraire, même, elle s'abandonna entre ses bras, réalisant instinctivement qu'il s'attendait qu'elle lui résiste. Mais se rendre était pour elle la seule façon de remporter la victoire.

Dès qu'il la sentit se détendre, il relâcha son étreinte. Sa bouche se fit plus douce mais plus audacieuce. Elle était consciente du profond silence qui régnait autour d'eux tandis que, de la pointe de sa langue, il dessinait le contour de ses lèvres.

Son corps entier s'enflamma, le réclamant avec une passion qui la faisait presque vaciller. A la seconde où la langue de Duncan trouva la sienne, elle sut qu'elle était perdue. Le désir la submergea telle une déferlante, déclenchant en elle quelque chose qui ressemblait à du désespoir. Elle noua ses bras autour de son cou et elle se plaqua si étroitement contre lui qu'elle pouvait sentir les muscles puissants de son torse contre sa poitrine.

Il aurait pu la briser net, telle une brindille mais, au lieu de l'effrayer, cette perspective ne faisait que l'exciter un peu plus. Sa force physique était un atout supplémentaire, qui lui laissait penser que la femme avec qui il choisirait de refaire sa vie se sentirait en sécurité avec lui.

Sa langue explorait plus profondément sa bouche, attisant le feu qui la consumait déjà. Elle répondait avec une frénésie mal contenue à chacun de ses effleurements, à chacune de ses caresses. Lorsqu'elle sentit ses grandes mains se promener le long de son dos avant de s'immobiliser sur ses hanches, le désir, proche de la passion, monta encore d'un cran.

Elle avait déjà eu des rendez-vous galants. Elle avait vécu plusieurs relations amoureuses. Elle avait même cru aimer. Mais aucune de ces expériences ne l'avait préparée à la passion qu'un simple baiser de Duncan déclenchait en elle.

Lentement, presque à regret, il s'écarta d'elle.

— Annie, fit-il d'une voix rauque.

Elle ignorait s'il s'apprêtait à lui rappeler que le marché qu'ils avaient conclu excluait toute relation sexuelle entre eux ou si elle jouait avec le feu.

Elle soutint sans ciller le regard de braise qu'il gardait rivé sur elle puis, secouant ses boucles blondes, elle saisit ses doggie bags et s'empressa de lui tourner le dos.

Elle n'avait aucune envie de l'entendre lui dire que les choses allaient en rester là. Pas ce soir.

Quant au danger qu'il y avait à jouer avec le feu, c'était à elle d'en décider…

Chapitre 5

— Je suis désolée mais j'ai bien peur que ce soir, ce ne soit pas possible, annonça Annie, à la fois inquiète et frustrée.

Frustrée, car elle commençait à apprécier les sorties avec Duncan et les différents rôles que celles-ci impliquaient. Inquiète, parce qu'elle allait devoir déroger aux règles du pacte qu'ils avaient scellé.

— J'espère que vous me comprenez. C'est un cas d'urgence.

— Cas d'urgence que nous semblons avoir omis de stipuler dans notre contrat.

Ne sachant trop s'il plaisantait ou pas, elle préféra éluder la question.

— Il se trouve que de nombreux parents supposés venir nous aider à décorer la salle nous ont fait faux bond la semaine dernière.

— Pour la fameuse pièce de théâtre de Noël ?

— En fait, nous ne célébrons aucune fête en particulier. C'est juste la fête de l'hiver.

— Le fait de l'appeler fête de l'hiver réussit à tromper l'adversaire ?

Elle perçut avec soulagement la pointe d'humour dans sa voix.

— Toujours est-il qu'il nous reste pas mal de décors à fabriquer, reprit-elle. Et que ma présence est indispensable.

— Que faites-vous faire à votre classe ?

— Ils vont chanter *Catch a Falling Star* en même temps qu'ils l'interpréteront en langage des signes.

— Polyvalents à cinq ans. Impressionnant. Très bien, mademoiselle McCoy. Appelez-moi lorsque vos décors seront terminés. S'il n'est pas trop tard, je passerai vous chercher pour le cocktail.

— Je suis vraiment désolée de vous faire faux bond, dit-elle, une note de regret dans la voix.

— Vous ne savez pas encore si vous n'aurez pas terminé à temps.

— Nous ne sommes pas des professionnels, Duncan. J'ai bien peur que nous soyons obligés d'y passer la nuit.

— Appelez-moi quand même.

Elle raccrocha et regagna la salle de spectacle. Les enseignants, ainsi que quelques volontaires, étaient en train de se répartir les tâches. Elle se vit attribuer celle, délicate, des finitions de peinture, ce qui n'avait rien à voir avec le stage de tricot qu'elle avait suivi l'été précédent, pensant qu'il lui serait un jour profitable.

Une demi-heure plus tard, tout le monde s'était mis à l'ouvrage, qui fabriquant, ponçant, peignant, lorsque débarqua une équipe de quatre gros bras vêtus de T-shirt, de jean et de bottes, chacun chargé d'une énorme trousse à outils.

La directrice arrêta d'actionner sa scie électrique et releva sur son front ses lunettes de protection.

— Puis-je vous aider ? leur demanda-t-elle.

— Nous sommes venus vous aider pour les décors, expliqua l'un des hommes. C'est Duncan Patrick qui nous envoie.

Les enseignants se regardèrent, interloqués.

— C'est… heu… c'est un de mes amis, fit Annie après s'être éclairci la voix. J'ai mentionné devant lui le fait que nous manquions de main-d'œuvre.

Elle avait beau essayer de paraître naturelle, le sourire béat qui flottait sur ses lèvres trahissait le bonheur qu'elle éprouvait. Elle avait l'impression de flotter sur un nuage.

La directrice laissa échapper un soupir de soulagement.

— Il faut dire que vous tombez bien. Avez-vous déjà travaillé sur des décors auparavant ?

— Deux d'entre nous sont ébénistes, m'dame, répondit le même homme, et les deux autres sont peintres en bâtiment. On devrait pouvoir se débrouiller. Dites-nous ce qu'il reste à faire et ça ira.

Elle se mit à l'écart et sortit son téléphone portable de sa poche pour composer le numéro de Duncan.

— Merci, dit-elle simplement lorsqu'il décrocha. C'est tout bonnement incroyable.

— Une façon comme une autre de m'assurer que

vous respecterez les clauses de notre accord. Je passerai vous chercher à 17 heures. La soirée ne devrait pas s'éterniser.

Elle avait envie de lui en dire plus, de lui faire admettre que, en l'aidant comme il le faisait, il dépassait largement le cadre de leur engagement. Mais quelque chose lui disait qu'il ne supporterait pas de se voir attribuer le mérite de ce qu'il faisait. Pour quelle raison ? Elle l'ignorait.

Qu'est-ce qui, dans le passé de Duncan, lui faisait croire que se comporter en gentleman pouvait lui nuire ? Quelqu'un l'avait-il blessé ?

Il était peut-être temps qu'elle mène sa petite enquête.

— Je ne comprends pas, dit Annie en tournant la clé dans la serrure de la porte d'entrée. C'est un banquier. Il a plein d'argent, pourquoi se soucie-t-il du vôtre ?

— Parce que les banques s'enrichissent avec l'argent des autres, c'est bien connu. Prêter, investir… Plus les sommes sont importantes, plus importants sont les bénéfices.

— Je comprends, acquiesça-t-elle d'un ton qui disait le contraire.

Ils avaient passé les deux dernières heures à s'ennuyer ferme à ce cocktail. Officiellement, ils avaient été invités afin de nouer de nouveaux contacts mais il était devenu évident, au fur et à mesure que la soirée avançait, que Duncan avait été convié dans le but d'être mis en relation avec un éminent banquier souhaitant le voir figurer sur la liste de ses prestigieux clients. Lui qui d'ordinaire ne rechignait jamais à être courtisé n'était ce soir-là pas d'humeur à jouer les hommes d'affaires.

Il n'avait cessé de consulter sa montre et de vérifier l'écran de son mobile.

Annie se débarrassa de son étole et se pencha en avant pour retirer ses hauts talons, ce qui la fit dangereusement chanceler.

— Cameron ne plaisantait pas, dit-elle à voix basse en recroquevillant ses orteils endoloris. Il faut vraiment souffrir pour être belle.

En temps normal, Duncan aurait réagi à ce genre de commentaire mais il était trop occupé à fixer le décolleté béant de sa robe qui dévoilait à moitié ses seins diaphanes. Il s'imagina les goûter, enrouler la pointe de sa langue autour de ses tétons durcis, les agacer du bout des doigts tandis qu'elle ondulerait de plaisir.

Il visualisait si bien la chose qu'il sentit son sexe durcir sous la toile de son pantalon. Il changea de position dans son siège, visiblement gêné.

N'ayant aucune conscience du trouble qu'elle venait de provoquer, Annie se redressa et fit un pas en avant qui la fit grimacer de nouveau.

— Comment les femmes font-elles pour porter ce genre de chaussures tous les jours ? Moi, je ne pourrais pas le supporter.

Elle désigna soudain un des angles de la pièce.

— N'est-il pas magnifique ?

Il regarda dans la direction indiquée et découvrit le sapin, près de la fenêtre. Il emplissait l'espace, débordant presque sur toute la pièce. Les branches disparaissaient sous une accumulation de décorations aussi diverses que tape-à-l'œil. Elle brancha la guirlande électrique qui se mit à clignoter de mille feux. Ce n'était pas quelque chose que Duncan aurait aimé voir chez lui ; pourtant, il émanait de cet arbre une sorte de magie qui ne le laissait pas indifférent.

— Magnifique, en effet.

— Vous en avez acheté un, finalement ? l'interrogea-t-elle.

Il n'osa pas lui dire la vérité, de peur de la blesser.

— Qu'est-ce que c'est ? éluda-t-il en désignant une pochette en plastique qui se trouvait sur la table basse.

A l'intérieur se trouvait un livret paraissant être un manuel d'utilisation.

Annie, sceptique, s'empara de la pochette pour y regarder de plus près.

— Je n'en sais rien, commença-t-elle. C'est pour un congélateur. Mais je n'ai pas de…

Elle releva lentement la tête jusqu'à croiser son regard.

— Ne me dites pas que vous avez fait ça.

En guise de réponse, il désigna la cuisine et, au-delà, un espace utilitaire, sorte de cellier, où se trouvaient la machine à laver, le sèche-linge et, depuis un peu moins d'une heure, un congélateur flambant neuf.

Elle courut dans la cuisine, suivie de Duncan, et effleura d'une main pleine de dévotion la porte de l'appareil avant de l'ouvrir et de découvrir avec ravissement les rayons croulant sous les victuailles.

Viandes, poissons, pizzas, légumes, jus de fruits, glaces. Rien ne manquait. Bouche bée, yeux écarquillés, elle ne pouvait détacher le regard de ce fabuleux trésor tombé du ciel.

Au bout de quelques minutes de silence, elle finit par refermer la porte et se tourna face à Duncan.

Celui-ci avait connu pléthore de jolies femmes dans sa vie. Il avait couché avec certaines d'entre elles, en avait fréquenté d'autres plus ou moins longtemps, en avait quitté beaucoup. Il avait séduit ce qu'il y avait de mieux, certaines célibataires, d'autres mariées, mais jamais aucune ne l'avait regardé comme Annie le faisait, des larmes plein les yeux, une expression de pur bonheur sur le visage.

— Vous n'aviez pas à faire ça, dit-elle d'une voix étranglée d'émotion.

— Je sais. Mais j'avais envie de le faire. Désormais, vous pourrez acheter en vrac, c'est moins cher. Et comme je connais votre goût immodéré pour les bonnes affaires, je n'ai pas pu résister.

— C'est le plus beau cadeau qu'on m'ait jamais fait, dit-elle, encore au comble de l'émotion. Merci.

Elle prit sa main et la pressa affectueusement.

— Sérieusement, Duncan, vous n'imaginez pas à quel point cet appareil va me changer la vie.

Il retira sa main, anxieux de ne pas céder à l'émotion

ambiante. Il avait fait une bonne action. Et alors ? La belle affaire !

— C'est juste un congélateur.

— Pour vous, peut-être. Pour moi, il signifie que je ne vais pas avoir à me préoccuper des courses pendant un bon moment. Je vais pouvoir souffler un peu.

Il avait fait des cadeaux avant celui-ci. Des cadeaux somptueux. Il avait offert des bijoux. Des voitures. Des voyages. Mais, témoin direct du bonheur d'Annie, il réalisa qu'il n'avait jamais rendu quelqu'un aussi heureux. Jusqu'à présent, personne n'avait été touché par l'un de ses actes de générosité. Mais peut-être était-ce parce que Annie comptait parmi les rares personnes qu'il estimait.

Il savait faire la différence entre désirer une femme et l'apprécier. S'il avait conclu ce marché, c'était pour redorer son image et endormir la méfiance des membres du conseil d'administration. Mais petit à petit, à mesure qu'il apprenait à mieux la connaître, il en était arrivé à vraiment l'apprécier. Il ignorait si c'était une bonne ou une mauvaise chose. L'avenir le dirait.

— Disons que c'était ma B.A. de fin d'année. N'y voyez rien d'autre.

— D'accord, dit-elle, un sourire entendu au coin des lèvres. Puisque, de toute façon, vous n'êtes qu'un sale type.

— C'est ce qu'on dit, en effet.

Elle ouvrit de nouveau la porte du congélateur et en sortit une pizza aux poivrons.

— Celle-ci me paraît bien. Qu'en pensez-vous ?

— Vous comptez manger une pizza maintenant ?

— Il n'y avait que des sushis à ce cocktail, dit-elle en plissant le nez de dégoût. Le poisson cru, ce n'est pas vraiment mon truc.

— Pas comme la pizza, je parie.

Elle retourna dans la cuisine où elle plaça la pizza congelée dans le four.

— Vous voulez regarder un film pendant que nous attendons ?

— Non.

Le ton faussement péremptoire sur lequel il avait parlé la fit rire.

— Même si c'est vous qui choisissez ?

— C'est toujours non.

Il n'y avait plus trace de larmes dans ses beaux yeux bleus, juste des petites étoiles qu'une joie enfantine faisait briller au fond de ses pupilles.

— Vous n'êtes pas franchement « apprivoisé », le taquina-t-elle. Je me trompe ?

— Je ne vois aucune raison de l'être, dit-il en s'approchant un peu plus près d'elle.

Elle esquissa une moue dubitative.

— Hmm. Et moi, je vois sur vos joues les fines traces qu'ont laissées les liens du mariage.

Il tenta de l'attirer à lui mais elle l'esquiva, manquant de trébucher sur le lino gondolé. Duncan, la rattrapant de justesse, la plaqua contre lui. Le désir qui s'empara de lui fut instantané. Il brûlait d'aller plus loin mais le souvenir de Valentine l'en empêcha. Il desserra son étreinte, laissa la jeune femme lui échapper.

— Valentine se fichait bien de me dompter, précisa-t-il en mettant une distance prudente entre eux. C'était le cadet de ses soucis.

— Comment est-elle ? Cameron m'a dit que c'est une femme fascinante.

— Je doute qu'il ait pu vous dire une chose pareille. Il l'a toujours considérée comme la pire des garces.

— Il a dit ça aussi.

Il n'aimait pas s'éterniser sur un sujet aussi épineux. Il jugea néanmoins bon de préciser :

— C'était il y a longtemps. Elle étudiait le journalisme et moi, je venais de racheter ma première société en faillite. Elle est venue m'interviewer afin de faire un papier sur moi. Enfin, c'est la raison qu'elle a invoquée. J'ai compris plus tard que c'était juste un moyen de me rencontrer.

Valentine avait beau avoir quatre ans de moins que lui, elle ne manquait ni d'assurance ni d'aplomb. Le boxeur qu'il avait été, tout en muscles et habitué à user de son physique impressionnant pour se frayer son chemin dans la vie, ne l'avait guère intimidée. Elle avait coutume de remporter ses batailles en ayant recours à une douceur tout en subtilité.

— Elle est belle ? demanda-t-elle encore.

— Oui. C'est une belle femme, blonde aux yeux bleus.

Il scruta en silence la jeune femme qui se trouvait face à lui. Elle aussi était blonde aux yeux bleus ;

pourtant, les deux femmes n'avaient rien en commun. Annie était douce et accessible. Elle faisait confiance à tout le monde, ne voyait que le bon côté des gens. Valentine était une opportuniste, une vraie, prête à tout pour parvenir à ses fins, quitte à piétiner ceux qui se trouvaient sur son chemin.

Elle lui avait appris à arrondir les angles, à se conduire en gentleman. Sous son influence il s'était initié à l'art du bon vin, avait commencé à savoir s'habiller et, dans les réunions mondaines, à pratiquer la conversation de courtoisie.

Elle savait tout, absolument tout, sur l'attitude à adopter en chaque circonstance. Mais lorsque le moment arrivait de fermer la porte de leur chambre, c'était lui qui redevenait le maître. Elle le voulait alors aussi sauvage que possible.

— Combien de temps êtes-vous restés mariés ?

— Trois ans.

— Est-ce que…

Elle s'interrompit pour s'éclaircir la gorge.

— Je suppose que vous l'aimiez. Que ce n'était pas un mariage de raison.

— Je l'aimais, confirma sèchement Duncan.

Autant qu'un homme peut aimer une femme enveloppée d'une gangue de glace.

— Jusqu'à ce que je la surprenne en pleins ébats avec l'un de mes associés.

« Et même pas dans notre lit, se rappela Duncan,

que ce souvenir cuisant rendait plus furieux que triste. Sur mon bureau. »

— Je l'ai fichue dehors et j'ai emprunté suffisamment d'argent pour pouvoir me débarrasser de tous mes associés.

Il la revit, nue, impudique, lui lancer au visage la réponse à la question qu'il n'avait pas posée :

« Tu n'étais pas assez bête pour croire que je t'aimais vraiment, quand même ! »

Mais si, il avait été assez bête pour le croire.

Pourtant, il avait grandi en sachant qu'il devrait se montrer fort et intraitable s'il voulait se protéger des coups durs que la vie ne manquerait pas de lui réserver. Mais Valentine avait fait voler en éclats ces certitudes lorsque, pour son plus grand malheur, il s'était autorisé à baisser la garde.

Erreur qu'il s'était juré de ne plus commettre.

La main qu'Annie venait de poser sur son bras le tira de ses souvenirs pénibles.

— Je suis désolée, lui dit-elle gentiment. Je ne comprends pas pourquoi elle a fait une chose pareille.

— Vous croyez à l'amour éternel, n'est-ce pas ?

— Evidemment, rétorqua Annie qui ne comprenait même pas qu'on puisse en douter une seconde. Mon père est mort alors que j'étais très jeune. Ma mère nous parlait de lui si souvent, à Tim et à moi, qu'elle avait fini par nous le rendre presque vivant. C'était un peu comme s'il n'était pas mort mais parti pour un long voyage. Avant de mourir à son tour, elle nous a demandé de ne pas être tristes parce qu'elle allait rejoindre son mari. C'est un amour comme celui-là que je veux.

— Un tel amour n'existe pas, s'entêta-t-il.

— Toutes les femmes ne sont pas comme Valentine, vous savez.

— Vous avez déjà trouvé l'homme de vos rêves, vous ?

— Non, répondit-elle en haussant les épaules. J'ai l'art de toujours parier sur le mauvais cheval. J'ignore pourquoi, mais je réussirai bien à le savoir un jour.

Pour lui, un tel optimisme relevait de l'utopie.

— Combien de fois vous êtes-vous trompée ?

— Deux fois.

— Et qu'est-ce qui vous fait croire que ce sera différent la prochaine fois ?

— Qu'est-ce qui vous fait croire que ça ne le sera pas ?

« Parce que le fait d'aimer implique forcément de devenir vulnérable. »

Mais cela, il se garda bien de lui en faire part.

— Lorsque vous tombez amoureuse de quelqu'un, vous lui donnez tout, n'est-ce pas ? Mais qui vous dit qu'il ne prendra pas que ce qui l'intéresse avant de partir voir ailleurs ? La vie est un combat permanent et, croyez-moi, mieux vaut être du côté des vainqueurs que des vaincus.

— N'y a-t-il vraiment que ces deux options ? avança-t-elle. Et s'il n'y avait ni vainqueur ni vaincu ? On ne vous a pas appris cela dans votre école de commerce ?

— Peut-être. Mais pas à l'école de la vie.

Dans un geste plein de douceur, elle prit ses mains entre les siennes.

— Cela a dû être frustrant pour vous de réaliser que vous ne pouviez régler tous vos problèmes à coups de poing.

— En effet.

Elle ne connaissait de Valentine que ce que Cameron avait bien voulu lui en dire. Mais à présent elle commençait à entrevoir ce qui s'était passé. Valentine l'avait blessé bien plus que ce qu'il ne voulait bien l'admettre. Elle avait trahi sa confiance, piétiné l'amour qu'il lui portait. Pour un homme comme lui, habitué à user de sa force physique sur un ring, la situation avait dû être dévastatrice. Au moment où, enfin, il avait laissé son cœur lui dicter sa conduite, il s'était fait avoir.

— Et depuis Valentine, vous n'avez pas vécu d'histoire importante ? se hasarda-t-elle à demander, bien qu'elle connût la réponse d'avance.

— Il y a eu celles qui ont bien voulu, répliqua-t-il d'un ton qu'il voulait désinvolte.

— Un jour ou l'autre, il faudra bien que vous fassiez confiance à l'une d'elles. Vous n'avez pas envie de fonder une famille ?

— Je n'ai pas encore décidé.

Elle secoua la tête de dépit.

— Admirez un peu l'ironie du sort, dit-elle. Je ne rêve que de trouver le grand amour, de me stabiliser, d'avoir une maison pleine d'enfants et de vivre heureuse jusqu'à la fin de mes jours mais, malheureusement pour moi, il semble que plus personne ne soit assez romantique pour combler mes désirs. Et vous, de votre côté, qui n'avez que l'embarras du choix, vous pour qui toutes les femmes se damneraient, rêvant d'être l'élue, vous n'êtes pas intéressé !

Elle marqua une pause et plongea dans son regard.

— Vous ne devriez pas renoncer à l'amour, Duncan.

— Je n'ai que faire de vos conseils.

— Je vous suis redevable, pourtant. Le congélateur.

— La pizza fera parfaitement l'affaire.

— D'accord. Vous ne voulez vraiment pas aller suivre un de ces téléfilms bien violents pendant que je m'occupe du repas ?

— O.K.

Connaître un pan de son passé expliquait bien des choses. Cette dureté apparente, cette prétendue indifférence, par exemple, qu'il affichait, refusant de laisser voir qu'au fond il était un homme bien. Mais elle en avait la preuve, désormais.

Elle essaya de se représenter l'homme qu'il était avant sa rencontre avec Valentine. Elle l'imagina fort, sûr de lui et avide d'offrir sa confiance et son cœur à celle qu'il aimerait.

Le minuteur émit un signal sonore indiquant que le four était à la bonne température. Elle sortit la pizza de son carton et la glissa sur la plaque chaude.

Valentine éprouvait-elle des regrets ? Peut-être avait-elle réalisé ce qu'elle avait perdu et projetait-elle de se lancer à la reconquête de son ex-mari ?

Elle se dit que, si elle avait eu la chance de tomber sur un homme comme Duncan, elle ne l'aurait jamais laissé échapper, elle.

La soirée en l'honneur des employés virait au désastre. Annie détestait se montrer critique mais elle ne put que constater les silences embarrassants, les coups d'œil inquiets échangés à la sauvette et les éclats de rire forcés trahissant la nervosité des participants. L'anxiété qui émanait de l'assemblée était presque palpable. Chacun s'abstenait de boire ou de manger, vérifiant l'heure à chaque seconde dans l'espoir que viendrait enfin le moment de pouvoir s'échapper.

— Soirée intéressante, murmura-t-elle à Duncan.

Sur ses conseils, il saluait en personne chacun des participants qui se présentaient mais sa présence rendait en fait les choses plus difficiles. Son physique, la puissance qui émanait de lui les intimidait.

— Ce genre de manifestation est toujours ennuyeux.

— Peut-être que s'il y avait un peu de musique…

— Peut-être, approuva-t-il d'un air distrait. Il faut que j'aille dire deux mots à Jim, du service comptable. Je reviens tout de suite.

Elle en profita pour aller s'isoler derrière une plante verte et passer un coup de fil chez elle. Jenny répondit à la première sonnerie.

— Est-ce que Kami et toi pouvez venir m'apporter la machine à karaoké ? demanda-t-elle à voix basse.

Nous sommes à une soirée mortelle qui demande à être animée.

Elle leur indiqua le nom de l'hôtel ainsi que celui de la salle de réception.

— C'est drôle, commenta Jenny.

— Un désastre, je te dis. Dépêchez-vous.

— Nous arrivons. En attendant, profites-en pour boire un verre de vin.

— Je ne suis pas sûre que cela me sera d'une grande aide, conclut-elle avant de mettre un terme à la discussion et de fourrer son téléphone dans son sac à main.

De loin, elle vit Duncan en grande conversation avec un groupe d'hommes. Probablement des dirigeants, à en croire les regards craintifs qui convergeaient vers eux.

Elle ne put s'empêcher de repenser à la soirée de la veille. Finalement, Duncan était parti sans dîner, affirmant qu'il devait retourner au bureau. Elle l'avait cru, le travail étant pour lui une échappatoire.

Comme pour elle. Et lorsqu'il lui arrivait, trop rarement, d'avoir quelques minutes devant elle, elle songeait alors à ce qui clochait dans sa vie. Ses cousines et Kami, qui l'avaient bien compris, s'appliquaient à lui occuper l'esprit en permanence. Ainsi, elle n'avait pas le temps de penser au fait qu'elle n'était pas sortie avec un garçon depuis près de six mois. Exception faite de Duncan, bien sûr.

Après les vacances, se promit-elle. Elle recommencerait à sortir, à accepter les rendez-vous galants. Et elle prendrait garde à ce que l'on ne voie pas en elle une sœur ou une bonne copine. Tim avait proposé de lui présenter deux ou trois garçons qu'il connaissait. Mais c'était avant qu'il ne rentre dans ce centre de réhabilitation. Elle se demanda si son frère lui en voulait toujours. Mais les visites et les appels téléphoniques lui étant interdits pendant deux semaines, il lui faudrait attendre jusque-là pour connaître la réponse.

Durant les vingt minutes qui suivirent, elle dégusta son verre de vin tout en discutant avec l'une ou l'autre des personnes présentes. Sous les paroles de courtoisie relatives au temps qu'il faisait ou à la réussite de la soirée, elle percevait une tension manifeste.

Elle accueillit avec soulagement l'arrivée de Kami et Jenny, chargées de la machine à karaoké.

— Nous avons apporté de la musique des années quatre-vingt, précisa Jenny tout en aidant Kami à installer l'appareil sur une table, près d'une prise électrique. Nous avons pensé que vous étiez assez vieux pour l'apprécier.

— Merci, rétorqua-t-elle. Tu plaisantes, j'espère ?

Jenny lui renvoya un sourire taquin chargé de tendresse.

— Tu es si sérieuse ! Bien sûr que je plaisante. Il n'y a là que des chants de Noël.

Elle s'interrompit pour balayer la salle du regard.

— Comment comptes-tu enchaîner là-dessus ?

Annie prit une nouvelle gorgée de vin avant d'annoncer :

— Je vais me sacrifier.

Elle vit Kami esquisser une grimace réprobatrice.

— Tim ne mérite pas un tel sacrifice.

— Sans blague ?

D'un hochement de tête, elle donna le signal à Jenny qui brancha l'appareil. Un bourdonnement électronique s'éleva, qui attira tous les regards.

Elle fit un petit signe de la main, hésitant avant de faire défiler sur l'écran la liste de sélections. Elle porta son choix sur « Jingle Bell Rock », certaine que cette chanson allait détendre l'atmosphère.

Lorsque la musique se fit entendre, Jenny haussa le son et articula en silence « bonne chance ».

D'une main tremblante, Annie s'empara du micro et commença à chanter d'une voix aussi ténue que chevrotante. Mais quelqu'un se devait de sauver cette soirée. Aussi fit-elle de son mieux pour ignorer son trac et ses joues empourprées.

Au moment du refrain, Kami et Jenny se joignirent à elle. Puis ce fut au tour d'un couple, au milieu de la foule, de se lancer. Au second refrain, ils étaient un peu plus nombreux et à la fin tout le monde, sans exception, reprenait en chœur.

Deux femmes vinrent lui faire savoir qu'elles voulaient chanter. Lorsqu'elles eurent fini, une file s'était formée, de gens attendant impatiemment leur tour de démontrer leurs talents de chanteurs.

Annie saisit son verre de vin et vida d'un trait ce qu'il en restait. Elle tremblait encore de l'angoisse qu'elle avait ressentie. Mais elle était fière du résultat : les gens discutaient enfin entre eux et elle en vit même revenir du buffet une assiette pleine à la main.

— Vous avez chanté, dit Duncan qui venait de la rejoindre.

— Je sais.

Elle ne parvenait pas à déchiffrer l'expression de son visage.

— Pourquoi avez-vous fait cela ?

— J'ai été si mauvaise ?

— Non, vous paraissiez juste mal à l'aise.

— La soirée s'enlisait. Il fallait faire quelque chose.

Il balaya la salle du regard avant de reporter son regard sur elle.

— Cela dépasse le cadre de vos attributions.

— Lorsqu'ils se rendent à ce genre de soirée, les gens espèrent passer un bon moment. N'est-ce pas le but, d'ailleurs ? Se retrouver en dehors du cadre professionnel, discuter de tout et de rien, saisir l'occasion de se connaître un peu mieux ?

Elle s'interrompit, désignant l'assemblée du doigt.

— Allez leur parler. Posez-leur des questions. C'est le moment ou jamais de faire semblant de vous intéresser à eux.

— Autre chose ?

— Souriez. Cela les surprendra.

Il lui adressa un regard dubitatif mais s'exécuta néanmoins.

Elle l'observa tandis qu'il s'approchait d'un groupe d'hommes en grande discussion et qui tenaient une chope de bière à la main.

Les employés n'étaient pas les seuls à se montrer

étonnés par le comportement de Duncan. Elle aussi, qui le fréquentait par obligation, pour des raisons qui n'étaient pas affectives.

Dans ce cas, pourquoi appréciait-elle autant d'être à ses côtés, de l'accompagner du mieux qu'elle pouvait dans ce but qu'il s'était fixé ? Pourquoi ne pouvait-elle résister à l'envie de lui renvoyer les sourires qu'il lui adressait ?

Tout cela ne pouvait que lui apporter des ennuis, se dit-elle. Duncan et elle n'étaient pas sur la même longueur d'onde. Elle voulait un homme pour la vie. Lui voulait rester seul. Elle était l'employée, il était le patron. Et encore, ce n'étaient là que quelques-unes des nombreuses raisons pour lesquelles les choses ne pourraient jamais coller entre eux.

Pourtant, aucune de ces raisons-là ne l'empêcherait de rêver à l'unique chose qu'elle n'obtiendrait jamais.

Chapitre 6

Duncan gardait sa main fermement posée sur le coude d'Annie tandis qu'ils regagnaient le parking. L'une des règles de base de la boxe était qu'on ne devait pas se laisser submerger par la colère. C'était donner l'avantage à son adversaire. Il avait su appliquer cette règle à tous les domaines de sa vie, comme en ce moment précis où il préférait garder le silence. Et même s'il lui était difficile d'ignorer les battements sourds de son cœur qui battait au rythme de sa colère.

Plus que de la colère, il ressentait un flot d'émotions intenses bouillonner en lui. Le besoin de frapper, de hurler, délires auxquels il n'avait jamais cédé.

— Allez, dites-le, l'encouragea-t-elle d'une voix implacablement calme.

Il actionna l'ouverture automatique des portières avant de lâcher entre ses dents :

— Je n'ai rien à dire.

Elle leva les yeux au ciel, excédée.

— Non mais regardez-vous ! Vous écumez presque de rage. Alors, croyez-moi, mieux vaut vider votre sac.

— Tout va bien, gronda-t-il d'une voix sourde en refermant la portière sur elle.

Il contourna la voiture et se glissa derrière le volant.

— Je vous assure, Duncan, vous vous sentirez mieux après.

Il se tourna vers elle et riva au sien un regard vibrant d'une colère contenue.

— Vous n'aviez pas le droit, siffla-t-il entre ses dents.

— Donc, j'avais raison. Vous êtes bien en colère.

— Qu'est-ce que vous vous imaginiez ?

Elle poussa un profond soupir de dépit.

— Merci pour le soutien, ironisa-t-elle.

— Je vous demande pardon ?

— Lorsque j'ai fait apporter ce karaoké et que je me suis donnée en spectacle, n'hésitant pas à m'humilier pour essayer de sauver cette soirée ratée, vous aviez l'air satisfait. Et puis parce que j'ai fait une simple suggestion, vous êtes sens dessus dessous.

— Vous appelez ça une simple suggestion ? Vous n'avez pas le droit. Cela ne vous regarde pas. Vous n'avez pas le droit d'outrepasser ma volonté ou mes décisions. Vous ne savez même pas de quoi vous parlez et, par votre faute, je vais perdre un temps fou à remettre de l'ordre dans toute cette pagaille que vous avez semée.

Elle secoua lentement la tête.

— Vous vous sentez mieux ?

— Cessez de me parler comme si j'étais un enfant capricieux.

— Je prends votre réponse pour un « non ».

Il ne lui faisait pas peur. Quelque part, au fond de lui, il appréciait de la voir assise à ses côtés, calme, impassible, alors qu'il se déchaînait contre elle. Peu de gens autour de lui avaient cette capacité car il dégageait une force physique qui laissait penser qu'il pouvait briser n'importe qui en deux si son humeur venait brusquement à changer.

— Ce n'était pourtant pas une mauvaise idée, insista-t-elle.

— On voit bien que ce n'est pas vous qui devrez payer.

— Je vous rappelle que vous payez déjà. Votre entreprise subit un taux d'absentéisme énorme parce qu'il manque des crèches. Ou lorsqu'il en existe, vos employés sont tributaires des heures de fermeture. Ils n'y peuvent rien et c'est pour eux une source de stress supplémentaire. Or, vous le savez certainement mieux que moi, les gens stressés ne font pas du bon boulot.

— Il est hors de question que je crée une crèche au sein de l'entreprise. L'idée même est ridicule.

— Pourquoi ?

— Parce que cela générerait des frais énormes et que je n'en vois pas l'utilité.

— Vous en êtes sûr ?

— Et vous, que savez-vous de la nécessité d'une telle structure ?

— En tout cas, je suis prête à me renseigner. Pas vous.

— Moi, je ne fais pas irruption dans votre classe pour vous dicter la façon dont vous devez enseigner. Aussi, j'apprécierais que vous ne vous mêliez pas de vouloir gérer mon entreprise à ma place, ajouta-t-il, car il avait de plus en plus de mal à se contenir.

— Ce n'était pas mon intention, se défendit-elle. Il se trouve que je discutais avec un groupe d'employées qui ont abordé le sujet. J'ai juste dit que je trouvais l'idée intéressante et que vous chercheriez certainement à la creuser un peu plus.

— Je vous interdis de parler en mon nom, fit-il sèchement.

— Selon vous, qu'étais-je censée faire ? demanda-t-elle d'une voix devenue légèrement aiguë. Autant que je me souvienne, vous me payez pour me faire passer pour votre petite amie. Mon rôle consiste à essayer de faire croire que vous êtes un homme exquis en toutes circonstances. Les hommes exquis en toutes circonstances tiennent compte des bonnes idées que leur souffle leur entourage.

— Ce n'est pas une bonne idée. Si je la jugeais bonne, croyez bien que j'en tiendrais compte.

Elle darda sur lui un regard brillant de colère.

— Vous croyez qu'il faut avoir obtenu une maîtrise de gestion pour être capable de communiquer avec les autres dans une réunion de ce genre ? Ce n'est pas étonnant que personne n'ait osé s'exprimer ce soir. Ou vous aborder. Ou vous exposer ses problèmes. Ils s'imaginent qu'il faut vous en faire la demande à l'avance et par écrit, par-dessus le marché. Alors pourquoi perdre votre temps à organiser ce genre de soirée ? Vous êtes tellement pétri de certitudes !

Elle paraissait sérieusement en colère contre lui. Ses yeux lui envoyaient des éclairs et son visage, d'habitude d'un joli teint de pêche, était blanc comme un linge. Elle s'était penchée vers lui et ponctuait chacune de ses paroles d'un doigt pointé sur son épaule.

— Ne soyez pas stupide, poursuivit-elle. Vous savez que cette suggestion est bien fondée. D'autres entreprises ont innové en créant sur place ces centres d'accueil. Peut-être avez-vous raison, peut-être que ça ne marcherait pas, mais il se trouve que le système actuel comporte des lacunes. Alors, modifiez-le. Passez un contrat avec des crèches existantes et convenez avec elles d'heures de fermeture plus tardives. Proposez un programme qui permettrait à vos employées de déduire ces frais de leurs impôts. Je persiste à dire que si les gens qui travaillent pour vous ont un problème, c'est qu'il y a effectivement un problème. Que vous le vouliez ou non.

Il subit cette tornade verbale, et, assommé, se renfonça dans son siège.

— Vous avez terminé ?

— Non. Les gens qui étaient présents à cette soirée vous craignent, Duncan. Et ça, c'est très mauvais pour votre société.

Il savait qu'elle avait raison. Des employés occupés à gérer leurs angoisses consacraient moins d'énergie à leur travail.

— Ce n'est pas ce que je veux, admit-il. Je veux juste qu'ils donnent le meilleur d'eux-mêmes.

— L'intimidation n'est pas le meilleur moyen pour motiver vos troupes.

— De quoi parlez-vous ? Je vous intimide, vous, peut-être ?

— Mais moi, je ne travaille pas pour vous. Enfin, pas vraiment. Mais j'ai sur eux le grand avantage de vous connaître. Vous savez que vous pouvez faire peur et vous en tirez profit lorsque cela vous arrange. Cela a peut-être marché en son temps mais aujourd'hui il est urgent que vous changiez de stratégie.

— Je ne vais pas me transformer d'un coup en gentil béni oui-oui. Et puis, je me fiche de ce que ces gens ressentent.

— Je n'en crois pas un mot. Et vous savez que j'ai raison en ce qui concerne la crèche. Vous devriez étudier le problème de plus près.

Bien sûr qu'elle avait raison. Et, pire, sa colère s'était dissipée d'un coup. Comment ce petit bout de femme avait-elle réussi un tel exploit ?

— Vous êtes un drôle de phénomène, Annie McCoy.

— Cela fait partie de mon charme, rétorqua-t-elle en souriant.

C'était plus que du charme, songea-t-il en lui prenant la main. Il entrecroisa ses doigts aux siens, l'attira à lui. Elle se laissa faire docilement et ne chercha pas à se dérober lorsqu'il prit ses lèvres entrouvertes.

Elle n'avait jamais vécu de réconciliations sur l'oreiller mais elle avait entendu dire que c'était fantastique. Si le feu qui s'était mis à couler dans ses veines à l'instant où leurs bouches s'étaient jointes était l'indicateur de ce que cela pouvait être, elle était prête à vivre l'expérience jusqu'au bout.

La dispute à laquelle ils venaient de se livrer semblait avoir électrisé son corps. Elle avait aimé se mesurer à lui, sachant qu'elle pouvait se défendre. Car il avait beau la dominer physiquement, ils se trouvaient néanmoins sur le même plan émotionnel. Et quelque chose en elle lui soufflait que Duncan était beau joueur.

Elle inclina la tête, exigeant plus. Il plongea les mains dans la foison de boucles blondes qui auréolaient son visage, en même temps que sa langue explorait sa bouche avec avidité. Elle répondit avec fougue à son baiser qui avait un goût de menthe et de scotch. La chaleur qui émanait du corps de Duncan se propagea au sien. Elle se plaqua plus étroitement contre lui et noua les bras autour de son cou.

Leurs baisers s'approfondirent, leurs étreintes devinrent presque désespérées. Elle endurait avec délices la douce torture que lui procuraient ses seins tendus de désir et le membre gonflé de Duncan entre ses cuisses. Elle brûlait de lui arracher ses vêtements, de l'inciter à la prendre là, sans pudeur ni interdit.

Pourtant, elle le sentit se raidir et mettre de la distance entre eux. La pénombre l'empêchait de lire dans ses pensées.

— C'est trop compliqué, finit-il par murmurer.

Elle ne sut dire si elle était soulagée ou déçue.

— Je suis née sous le signe des Poissons, ce qui

signifie que j'aime aussi les longues promenades au bord de l'eau et les voyages.

L'humour dont elle venait de faire preuve le fit rire.

— Bon sang, Annie, marmonna-t-il avant d'effleurer ses lèvres d'un baiser. Je vous ramène chez vous avant que nous ne fassions quelque chose que nous pourrions regretter tous les deux.

Regretter ? Il n'y avait pas de place pour les regrets dans sa vie. N'étant pas sûre de la réponse de Duncan, elle préféra garder le silence. Le désirer était une chose. Mais s'entendre dire qu'il préférait la ramener chez elle en était une autre qu'elle n'était pas certaine de pouvoir assumer.

Le courage n'était pas chose aisée, finalement, se dit-elle en bouclant sa ceinture de sécurité. Il lui faudrait travailler là-dessus.

Annie survécut assez facilement aux deux soirées suivantes. Elle commençait à se sentir à l'aise dans son rôle, ne craignait plus d'affronter des hommes d'affaires à qui elle expliquait que, oui, elle était bien institutrice et qu'elle adorait son métier. Elle s'était même liée d'amitié avec certaines épouses et avait rencontré des journalistes sans la moindre appréhension. Au fil des soirées, le monde des nantis lui devenait plus familier et donc moins intimidant. Tout comme Duncan. Elle regrettait juste qu'il n'ait plus cherché à l'embrasser.

Elle tentait de se persuader que c'était pour le mieux et,

dans ses bons jours, parvenait même à le croire. Duncan s'était montré très clair sur ce point : ils devaient s'en tenir aux termes de leur accord. Et celui-ci n'incluait pas les rapports sexuels entre les deux parties.

— Qu'y a-t-il dans cette boîte ? s'enquit Duncan une fois qu'ils furent sur le trajet du retour.

Elle l'avait apportée avec elle en partant, lui disant qu'elle lui expliquerait après la soirée.

— Des décorations de Noël. Elles sont pour vous. Pour vous remercier de ce que vous avez fait.

— Quel genre de décorations ? demanda-t-il, un brin méfiant.

— Rien qui puisse attenter à votre vie, ne vous inquiétez pas. Elles sont superbes, vous allez adorer.

— C'est vous qui le dites.

— C'est parce que je n'en doute pas.

Il poussa un soupir résigné.

— Puisque, manifestement, je n'ai pas le choix, je vous laisserai même les placer où vous voulez.

Avant même qu'elle ait pu réaliser ce qu'il faisait, il avait bifurqué en direction du nord. Quinze minutes plus tard, il se garait dans le parking souterrain d'une luxueuse résidence.

Elle s'exhorta au calme. Qu'il l'emmène chez lui ne signifiait pas pour autant qu'ils allaient passer subitement du statut de couple fictif au statut de couple réel. Ils étaient amis. Rien de plus. Des amis qui feignaient de sortir ensemble, comme cela arrivait fréquemment.

Elle le suivit dans l'ascenseur où il appuya sur le

bouton du dernier étage. Un penthouse, songea-t-elle, l'estomac soudain noué d'angoisse. Mais d'un autre côté, à quoi aurait-elle dû s'attendre ?

L'ascenseur s'ouvrit sur un immense palier carré desservant quatre portes. Duncan se dirigea vers celle de gauche. Il l'ouvrit et actionna un interrupteur avant d'inviter Annie à pénétrer à l'intérieur.

L'endroit était spacieux et ouvert, comme ces lofts qu'elle avait vus dans *Maison et Jardin*, émission qu'elle adorait suivre à la télé. Elle avisa le sol recouvert de parquet de bois précieux, l'écran plat de la taille d'un avion et la baie vitrée d'où l'on avait une vue époustouflante sur la ville de Los Angeles. Sa maison entière, jardin inclus, tiendrait facilement juste dans cet espace-là. Mais nul doute que la superficie totale de l'appartement devait largement dépasser ce qui s'offrait à sa vue.

Elle pourrait suggérer aux filles de venir se préparer ici pour leurs sorties du vendredi soir ; ainsi, elles ne se disputeraient plus le pauvre même miroir de la salle de bains, se dit-elle avec une pointe de malice.

Duncan referma la porte, attendant une réaction qui ne tarda pas à venir.

— C'est beau, dit-elle en notant l'harmonie des murs beiges et des canapés taupe. Mais tout cela manque un peu de contrastes, à mon goût.

— J'aime les couleurs neutres.

— J'ai lu quelque part que le beige était la couleur préférée des hommes.

Elle le suivit dans ce qui pouvait être considéré comme le coin salon, car, à vrai dire, elle ne savait trop comment nommer cet espace immense. Le mobilier en cuir était confortable et complété par de nombreuses petites tables basses. Elle posa son sac sur l'une des chaises et sa boîte sur une table, à côté. Elle regarda Duncan se diriger vers la cuisine.

— Un verre de vin ? s'enquit-il.

— Volontiers.

Il fixa sur elle un regard pétillant d'humour.

— Désolé mais il ne provient pas d'un cubitainer.

Cette allusion au vin qu'elle buvait lors de leur première rencontre la fit éclater de rire.

— J'ai beaucoup de chance, alors !

Tandis qu'il remplissait leurs verres, elle sortit les décorations du carton dans lequel elles se trouvaient. D'abord, les trois boules de neige musicales renfermant chacune une scène hivernale différente ; puis deux bougies sur des socles peints et une crèche miniature ; quelques guirlandes, un distributeur de savon liquide en forme de bonhomme de neige et, pour finir, de petites figurines en porcelaine.

Elle regarda tout autour d'elle, cherchant la place idéale à chacun de ses objets. Les bougies et la guirlande seraient parfaites sur la table de la salle à manger, les boules de neige sur le rebord des fenêtres et la crèche sur un meuble bas se trouvant en dessous de l'écran télé. Elle alla placer le distributeur de savon sur une console qu'elle devina proche de la salle de bains. Lorsqu'elle eut terminé, il lui tendit son verre de vin.

— Ravissant, commenta-t-il. Très… comment dire ? Chaleureux.

— Vous êtes sincère ?

— Non.

Elle ne sut dire s'il plaisantait ou s'il était sérieux.

— J'aurais bien apporté un sapin mais je ne savais pas trop si c'était le genre de la maison.

— Mon majordome n'aurait pas trouvé ça drôle. Je vous fais visiter ?

Elle balaya encore une fois du regard l'immense espace ouvert et les hauts plafonds avant d'acquiescer.

Contiguë à la salle de bains se trouvait une chambre d'amis, aussi grande que les deux chambres de chez elle réunies. De l'autre côté, un bureau dont les murs étaient recouverts de panneaux de bois et où trônait une table en chêne massif.

Son attention fut instantanément attirée par toute une série de trophées placés bien en évidence sur des étagères. Il y en avait des douzaines, certains petits, d'autres plus grands. Quelques-uns d'entre eux représentaient une paire de gants de boxe mais la majorité illustrait un boxeur en pleine action.

— Vous avez vraiment gagné tout ça ?

Il acquiesça tout en buvant une gorgée de son vin.

Elle traversa la pièce pour aller lire ce qui était gravé sur le socle. Sur chaque trophée figurait le nom de Duncan, la date et le lieu où avait eu lieu le match.

Elle remarqua également quelques médailles disposées dans des vitrines.

— Je ne comprends pas comment des gens peuvent prendre du plaisir à se cogner dessus, dit-elle en se retournant vers lui.

Cette remarque, qu'il jugeait naïve, le fit sourire.

— La boxe, c'est tout un art, vous savez. Il faut être doué d'un certain talent pour la pratiquer. Et puis, ce n'est pas qu'une question de force physique, c'est aussi une question d'intelligence. Il faut apprendre à établir une stratégie pour savoir où et quand frapper, apprendre à deviner son adversaire. C'est un sport où l'expérience et la volonté jouent un rôle important.

— Comme en affaires.

— En effet. Le monde des affaires exige les mêmes compétences.

— Vous deviez souffrir atrocement lorsque vous preniez des coups, non ? s'enquit-elle en plissant le nez d'un air dégoûté.

— Sans la boxe, j'aurais probablement mal tourné.

— Comment cela ?

— Posez votre verre, lui ordonna-t-il.

Il fit de même puis alla se poster en face d'elle.

— Maintenant, frappez-moi.

Elle cacha ses deux mains derrière son dos, peu désireuse de s'exécuter.

— Je ne peux pas.

Il eut de nouveau un sourire amusé.

— Parce que vous pensez vraiment pouvoir me faire mal ?

— Probablement pas, répondit-elle en fixant son large torse. C'est à moi que je pourrais faire mal.

Il retira la veste de son costume puis, d'un geste qu'elle trouva irrésistiblement sexy, il dénoua sa cravate et la lança sur le dossier d'une chaise.

— Levez vos mains à la hauteur de votre poitrine et fermez vos poings, pouces à l'extérieur.

Bien que se sentant un peu stupide, elle fit comme il lui demandait. Il se tenait toujours face à elle, mais cette fois légèrement de trois quarts.

— Mettez bien tout votre poids en arrière et allez-y, frappez-moi. Ne craignez rien, vous ne pouvez pas me blesser.

— C'est un défi ?

— Pensez-vous pouvoir le relever ?

Elle ne se sentait pas vraiment d'humeur mais pourquoi pas ? Elle visa le bras. Frappa.

— Vous pouvez y aller maintenant.

— Très drôle.

— Essayez de nouveau, l'encouragea-t-il. Mais, cette fois, mettez-y toutes vos forces ou je vais croire que j'ai affaire à une mauviette.

— Je *suis* une mauviette.

Elle cogna si fort qu'elle ressentit l'impact du coup jusqu'à son épaule. Duncan, lui, n'avait pas bougé d'un pouce.

— Je serais peut-être meilleure en tennis, murmura-t-elle, un brin dépitée.

— Tout est dans l'anticipation, lui expliqua-t-il.

Il alla se placer derrière elle et posa ses mains sur ses épaules.

— Pliez vos genoux et gardez le menton rentré sur votre poitrine.

Il lui fit la démonstration de ce qu'il venait de lui exposer, en prenant soin de bien détacher chaque mouvement.

— C'est cette posture qui vous donnera l'impulsion nécessaire pour un direct parfait. Un seul direct peut faire, ou défaire, la carrière d'un boxeur.

Malgré ses efforts, elle avait du mal à se concentrer sur ce qu'il lui disait. Elle n'avait conscience que de son corps musculeux à quelques centimètres d'elle ainsi que de la puissance et de la chaleur qui en irradiait. Elle, sur qui habituellement tout le monde comptait, appréciait de s'abandonner ainsi entre ses bras.

Elle secoua la tête, faisant de son mieux pour revenir sur terre et tenter un nouveau direct.

— Je vous ai fait mal cette fois ? demanda-t-elle d'une voix pleine d'espoir.

— Non. Mais c'était mieux. Avez-vous senti la différence ?

— Oui. Mais cela ne me donne toujours pas envie de pratiquer la boxe.

— Cela vaut mieux. Vous auriez le nez fracturé en moins de deux.

Cette perspective ne fit que la conforter dans son opinion. Elle laissa retomber ses bras le long du corps.

— Je détesterais qu'il m'arrive une chose pareille !

Se penchant un peu plus vers lui, elle lui demanda :

— Et vous ? Vous avez déjà eu le nez cassé ?

— Deux fois.

Elle scruta son visage de plus près, cherchant une preuve flagrante de ce qu'il avançait.

— Cela ne se voit pas.

— Disons que j'ai eu de la chance.

Comme il en fallait plus pour la décourager, elle plaça une main sur son menton et le força à lui montrer son profil. Elle trouva enfin la preuve qu'elle cherchait : une légère bosse, presque imperceptible, là, sur l'arête d'un nez presque parfait.

— Vous ne pouviez pas jouer au tennis, comme tout le monde ?

Il eut un petit rire avant de capturer sa main dans la sienne. Ils n'étaient qu'à une infime distance l'un de l'autre. De son pouce il se mit à caresser sa paume offerte. Ce contact, pourtant infime, suffit à lui envoyer des ondes électriques dans tout le corps.

Sa bouche était sèche, ses jambes, flageolantes. Elle se mit à frissonner de désir tandis qu'il l'épinglait du regard. Pour la première fois de sa vie, elle comprit le sens de l'expression « se perdre dans le regard de quelqu'un ».

Le regard de Duncan s'arrêta sur sa bouche aux lèvres

sensuelles. Sa gorge se noua d'une émotion qu'il avait du mal à contenir.

— Annie..., murmura-t-il.

Il avait parlé dans un souffle ténu empli néanmoins du désir qui le submergeait. Elle sentit instantanément une coulée de lave affluer dans ses veines tandis qu'elle se repassait en boucle les mille raisons qui auraient dû la pousser à partir. En restant, elle seule risquait son cœur puisque Duncan, lui, ne recherchait rien d'autre que le plaisir qu'elle pouvait lui procurer. Mais tant pis ! La tentation était trop forte.

Lorsqu'il l'attira tout contre lui, elle s'abandonna entre ses bras pour répondre avec ferveur à ses baisers enfiévrés. Elle s'offrait à lui, consentante et provocante, frémissant à chacune de ses caresses. Elle avait l'impression que ses mains étaient partout à la fois, effleurant son dos, dessinant la courbe de ses reins, glissant de sa taille à ses hanches.

Elle se laissait aller, savourant avec délices son assurance et son savoir-faire mais également la puissance qui émanait de lui et qui lui donnait l'impression d'être à l'abri de tout danger.

Elle posa les mains sur ses épaules, remonta jusqu'à sa nuque avant de plonger les doigts dans son épaisse chevelure de jais. Attentive à ses moindres gestes, elle se tendit à l'extrême lorsqu'elle sentit ses mains courir sur tout son corps avant de s'arrêter sur sa poitrine.

Il n'y avait dans ses gestes aucune hésitation, aucune maladresse, et lorsqu'il se mit à agacer, du pouce et de l'index, le bout de ses tétons dressé, elle crut défaillir de plaisir. L'air vint à lui manquer, elle eut l'impression que ses poumons allaient éclater mais l'excitation la rendit plus audacieuse.

Elle ne craignait plus de ne pas être à la hauteur.

D'une main experte, il descendit la fermeture Eclair de sa robe et la fit glisser sur ses épaules avant de la laisser tomber au sol. A moitié nue, elle planta ses yeux dans les siens, ivre de ce nouveau bonheur que lui procurait la découverte de l'impudeur, avant de les baisser sur son sexe tendu.

Jusque-là, elle avait toujours été une partenaire timide, un peu timorée, passive même, préférant faire l'amour à la faveur d'une obscurité rassurante et dans le silence le plus total. Elle prenait du plaisir, bien sûr, mais cela n'avait rien de comparable avec la violence du désir qu'elle éprouvait pour lui.

Soutenant son regard sans ciller, elle dégrafa son soutien-gorge puis guida ses mains sur ses seins nus.

Le contact de sa peau sur la sienne électrisa la moindre parcelle de son corps. Ivre de volupté, elle se livra sans pudeur à sa bouche avide, à ses mains fébriles, exigeant de lui toujours plus.

Elle était si excitée qu'elle aurait aimé qu'il la prenne là, tout de suite, sur le canapé, le plan de travail de la cuisine ou même par terre. Au point d'excitation où elle se trouvait, elle était prête à accepter n'importe quoi.

Comme s'il avait lu dans ses pensées, il glissa un doigt léger entre la peau satinée de son bas-ventre et l'élastique de son string puis il le fit doucement glisser le long de ses jambes.

A présent, elle se tenait nue devant lui, encore perchée sur ses hauts talons. Il ne l'entraîna pas vers sa chambre, comme elle s'y était attendue, mais il s'agenouilla devant elle, lui écarta doucement les cuisses et alla boire à la source de son sexe humide.

Il lui prodiguait des caresses qu'elle n'avait jamais connues. Des caresses qui lui procuraient un plaisir intense confinant presque à la torture. Les yeux clos, elle goûtait à chaque seconde de cette volupté qui la submergeait par ondes successives. Au moment où elle pensa défaillir de plaisir, elle s'agrippa à lui presque désespérément.

Le souffle court, elle avait une conscience aiguë de sa langue fouillant sans relâche son intimité moite. Elle se pressa un peu plus contre sa bouche, se consumant d'un plaisir qu'elle n'avait jamais connu et qu'elle aurait voulu sans fin. Elle écarta un peu plus les jambes, s'offrant davantage encore à sa langue, à ses doigts. A lui.

L'orgasme la prit par surprise. Elle cria son nom tandis que des ondes successives d'un plaisir violent la submergeaient, l'entraînant malgré elle bien loin des rivages de la réalité. Elle avait tout juste repris ses esprits quand il se leva et la porta dans ses bras. Elle se laissa faire, trop indolente pour réagir.

Il la conduisit jusqu'à une immense suite où trônait un lit non moins immense sur lequel il l'étendit délicatement. Elle nota distraitement, à travers un voile inconscient, qu'elle avait perdu ses chaussures en chemin.

Elle s'assit pour mieux le regarder se déshabiller à la hâte. Lorsqu'il retira sa chemise, elle put enfin voir ces muscles qu'elle n'avait fait que sentir. Elle put ainsi constater qu'il correspondait en tout point à ce qu'elle s'était imaginé : une sorte d'éphèbe puissant et bien bâti. Elle le contemplait encore avec une sorte de béatitude lorsqu'il ôta avec fébrilité chaussures, chaussettes et caleçon.

Son sexe tendu, lui aussi puissant et magnifique, ralluma en elle la flamme de la passion. Au comble de l'excitation, elle le vit prendre un préservatif dans le tiroir de sa table de nuit puis rouler à côté d'elle au milieu du lit.

Le désir lui donnant tous les courages, elle se redressa et fit à son tour courir ses mains sur sa peau frémissante. Du bout des doigts, elle dessina le contour des muscles de son torse, descendit plus bas sur sa taille, puis encore plus bas sur ses cuisses musculeuses.

Elle le regarda droit dans les yeux tandis qu'elle enserrait entre ses doigts son sexe dur et tendu.

— Tu veux être dessus ? demanda-t-il.

— La prochaine fois.

Car elle brûlait de sentir son poids sur elle lorsqu'il la pénétrerait, de se sentir à sa merci telle une proie prise au piège d'un prédateur.

Il s'exécuta. Il la fit rouler sous lui et s'assit sur elle à califourchon. Il déroula ensuite le préservatif sur son membre lisse et turgescent et s'insinua entre ses cuisses moites de désir.

D'une main, elle guida son sexe en elle. Il la pénétra plus profondément, se mouvant d'abord lentement pour accélérer peu à peu la cadence.

Au comble de l'extase, elle enroula ses jambes autour de ses hanches, leurs deux corps devenant alors si imbriqués qu'ils n'en formaient plus qu'un. Elle ferma les yeux et s'abandonna totalement à la déferlante qui l'entraînait là où elle n'était encore jamais allée.

Chapitre 7

Duncan se tenait immobile près de la machine à café, un voile d'inquiétude sur le visage. Il avait déjà pris sa douche et s'était habillé. En temps normal, il aurait déjà quitté son appartement pour se rendre à son bureau. Mais aujourd'hui n'était pas un jour normal.

Annie avait passé la nuit avec lui.

Et cela n'était pas sans lui poser quelques problèmes. C'était d'ailleurs l'une des raisons pour lesquelles il préférait habituellement se rendre chez ses partenaires plutôt que de les recevoir chez lui. Il voulait se sentir libre de partir quand bon lui semblait.

Mais il est vrai qu'entre les jumelles, Kami et ce qu'il devinait être une chambre de jeune fille, il avait jugé son appartement plus adapté. Pour être tout à fait honnête, il n'avait pas prémédité ce qui était arrivé. D'autant moins d'ailleurs qu'il lui avait soutenu ne pas être sexuellement attiré par elle. Se pourrait-il qu'il se soit menti à lui-même ?

Possible, tant il avait aimé faire l'amour avec elle.

Il chassa les pensées érotiques qui lui venaient à

l'esprit pour se demander avec une certaine appréhension quelle tournure allaient désormais prendre les choses. Allait-elle attendre de lui une place dans sa vie — place qu'il ne lui donnerait pas ? Et comment le lui faire comprendre sans la blesser ?

Un bruit de pas dans le couloir le tira de ses pensées.

Il vit Annie entrer dans la cuisine, vêtue de la même robe de cocktail que la veille, le visage dénué de maquillage et ses cheveux encore tout mouillés de la douche qu'elle venait de prendre.

Il lui trouva un petit air ingénu, bien loin de celui de la femme qui s'était abandonnée si passionnément entre ses bras quelques heures plus tôt.

— Tu parais tendu, dit-elle en remplissant de café l'un des mugs qui se trouvaient sur le plan de travail. Tu crains que je n'attende une demande en mariage ?

Elle avait parlé sans détour, d'un ton direct qui le déstabilisa quelque peu.

— Une demande en mariage ? Non, je…

— Je pencherais plutôt pour une cérémonie toute simple, le coupa-t-elle. Bien entendu, mes cousines et Kami seront mes demoiselles d'honneur.

Il s'était attendu à la retrouver troublée, bouleversée ou même embarrassée. Eh bien, il devait admettre qu'il s'était trompé sur toute la ligne. Il y avait bien longtemps qu'une femme ne l'avait pas surpris de façon si agréable.

Il alla la rejoindre et prit sa main dans la sienne.

— Souhaites-tu te marier en blanc ?

— J'essayais juste de te rendre un peu nerveux, avoua-t-elle en soupirant.

— Tu vois, je suis entré dans ton jeu.

— Normalement, tu aurais dû paniquer.

— Une prochaine fois, peut-être, dit-il en l'embrassant.

— Décidément, il est difficile de te faire perdre ton sang-froid, fit-elle d'un ton plaintif. En tout cas, pendant que tu ronflais paisiblement, moi j'ai dû appeler Jenny pour tenter de lui expliquer que je ne rentrerais pas, et cela sans mentionner le fait que nous avions fait l'amour ensemble. Pas facile.

Il la regarda sans comprendre.

— Pourquoi faut-il que tu les tiennes au courant de tes moindres faits et gestes ?

— Eh bien, parce que là, en l'occurrence, j'aurais eu beaucoup de mal à justifier mon lit vide. Et puis elles se seraient inquiétées.

— La vie est bien plus facile lorsqu'on n'a pas de famille, finalement.

— Tu es trop cynique. Un simple coup de fil, je ne trouve pas que ce soit trop cher payer le bonheur d'avoir les filles dans ma vie. Et n'essaie pas de me faire croire que tu ne peux pas comprendre cela !

Certes, il comprenait. Mais de là à approuver le prix à payer…

— Allez, avoue. Tu as peur qu'elles soient au courant des détails de ta vie sexuelle, c'est ça ? le taquina-t-elle.

En effet, il avait beau apprécier les filles, il ne voyait

pas vraiment l'utilité de les submerger d'informations les concernant, Annie et lui.

— Rassure-moi, grommela-t-il. Elles ne t'ont posé aucune question ?

— Non. Elles m'ont juste demandé si nous avions pensé à utiliser des préservatifs.

Elle avait eu beau parler d'une voix forte et assurée, elle avait rougi violemment. Ce mélange de timidité et de détermination, d'autoritarisme et de soumission, n'était pas sans lui déplaire.

— Et qu'as-tu répondu ?

Elle s'éclaircit la voix, confuse de devoir aborder une nouvelle fois un sujet qu'elle jugeait embarrassant.

— Eh bien, je leur ai dit que tu avais… euh… trois fois.

Il réprima un sourire amusé.

— Et… ?

— Et Jenny a raccroché.

L'absurdité de la situation les fit éclater de rire.

Il la trouva belle à la lumière du matin. Sa foison de boucles blondes emperlées d'eau, sa bouche pleine et pulpeuse et ses joues joliment rosies lui conféraient une beauté tranquille. Une beauté qui deviendrait plus affirmée avec le temps, supposa-t-il.

S'il l'avait rencontrée avant Valentine, il aurait probablement été intrigué par les différentes facettes de sa personnalité. Ou peut-être pas. Peut-être n'était-il intéressé que par les fortes femmes, celles qui lui menaient la vie dure. Celles qui étaient sources d'enseignements.

Grâce à Valentine, il avait bien retenu sa leçon. Ne plus faire confiance à quiconque, ne plus sacrifier sa liberté et, surtout, surtout ne plus jamais risquer son cœur.

— Tu sais, je crois qu'il ne faut pas donner à ce que nous avons vécu plus d'importance que cela n'en a, lança-t-il d'un ton qu'il voulait dégagé.

Elle prit le temps de vider sa tasse avant de répondre d'une voix tout aussi lisse :

— Est-ce une façon élégante de me signifier que je ne dois pas me faire d'illusions ? Que nos relations resteront dans un cadre strictement professionnel ?

— En quelque sorte. Et, comme convenu, notre histoire prendra fin avec les fêtes de Noël.

Elle esquissa un sourire triste.

— C'est bien la première fois que je vis une relation en connaissant d'avance la date d'échéance, dit-elle en soutenant son regard sans faiblir. Mais c'est d'accord, Duncan. Je connais les règles et je ne chercherai pas à les changer.

— Je l'espère, bien que je te sache romantique à l'extrême.

— Je le resterai toute ma vie parce que c'est *cela* que je veux : un homme à aimer et à respecter, un homme qui m'aimera autant que je l'aime. Et oui, je veux des enfants et un chien et même des hamsters, tiens. Et cet homme-là n'a rien à voir avec toi, n'est-ce pas ?

— Non.

« Dans quelques années, peut-être », se dit-il. Pour

le moment les plaies étaient encore à vif et le prix, trop important à payer. En outre, le mariage n'apportait aucune garantie.

Cela aussi, c'était Valentine qui le lui avait appris.

— Nous n'étions pas censés coucher ensemble, pourtant, avança-t-elle, un sourire énigmatique aux lèvres.

— Je sais.

Il n'arrivait pas à deviner ce qu'elle ressentait vraiment. Si elle était ironique ou furieuse.

— Tu veux que je te présente des excuses ?

Elle exhala un profond soupir.

— Non. Je veux juste que, lorsque toute cette comédie sera terminée, tu ne demandes pas à ce que nous restions bons amis. Je veux que ce soit définitivement fini. Allons, promets.

— Nous ne serons pas amis, lui promit-il.

Au moment où il prononça ces mots, un grand vide se fit en lui. Annie faisait partie des rares personnes qui comptaient dans sa vie. Elle lui manquerait, c'était certain. Pourtant, il ne ferait rien pour la retenir.

Annie avait passé la journée à essayer de ne pas sourire béatement. Car si ses petits élèves n'y avaient vu que du feu, ses collègues, eux, n'auraient pas été dupes et n'auraient pas hésité à lui poser des questions auxquelles elle n'avait pas envie de répondre. Elle avait toujours été une piètre menteuse, ce qu'elle jugeait plutôt comme une qualité.

Tandis qu'elle se dirigeait vers sa boîte aux lettres, elle ressentit un tiraillement dans les jambes et les hanches. Douleurs musculaires qui lui rappelèrent la nuit passée avec Duncan.

« Pas de regrets », se sermonna-t-elle.

Elle était sincère. Elle n'éprouvait aucun regret. Car faire l'amour avec lui l'avait confortée dans l'idée qu'elle attendait le grand amour, l'amour passionnel. Celui qui lui faisait réaliser que, avec ses précédents amants, elle avait manqué d'exigence et de discernement.

— Quelle prétention pour quelqu'un qui ne fréquente personne, murmura-t-elle.

Car Duncan ne comptait pas vraiment, n'est-ce pas ?

Elle prit son courrier et le passa rapidement en revue. Une enveloppe qui avait attiré son attention lui fit plisser le nez. Probablement une facture de l'université. Comment allait-elle trouver l'argent nécessaire ? Tout était si cher pour son maigre revenu ! Il faudrait vraiment qu'elle se mette en quête d'un job d'appoint si elle voulait s'en sortir.

Un travail qui…

Interdite, elle fixa la feuille de papier qu'elle avait sortie de son enveloppe. Les cours étaient réglés pour le restant de l'année. Elle avait bien lu. Toute l'année.

Le montant de la facture lui donna le vertige.

Le mot « payé » écrit en lettres capitales rouges ne pouvait que relever de la fiction. C'était tout bonnement impossible. Elle-même n'avait rien réglé et, si Jenny avait par miracle gagné au loto, elle l'aurait mise au courant.

Elle attendit d'être dans la maison pour vérifier de nouveau sa pile de courrier. Elle y trouva une autre lettre, de l'université de Julie cette fois, et qui lui annonçait la même chose.

Sous le choc, elle regagna sa voiture et prit la direction du bureau de Duncan qui se trouvait à quelques blocs de là, dans l'un des somptueux bâtiments qui bordaient le port de Los Angeles.

Elle déclina son identité auprès du gardien et attendit patiemment qu'il eût passé quelques coups de fil.

On finit enfin par lui donner une carte de visiteur ainsi que les indications à suivre pour trouver le parking où elle devait se rendre.

Elle passa devant d'immenses entrepôts où des dizaines de poids lourds attendaient d'être chargés et où des employés s'activaient dans tous les sens. Après avoir scrupuleusement suivi toute une série de panneaux, elle parvint devant le bâtiment de six étages abritant la société de Duncan.

« Sacré empire », se dit-elle en contemplant l'immense planisphère affiché sur l'un des murs du hall et qui pointait les différents lieux d'implantation de l'entreprise.

Elle savait que Duncan était un homme riche et influent mais la représentation de cette carte donnait à sa puissance une dimension réelle encore supérieure.

Elle tira sur les manches de son sweat-shirt, consciente que les lutins qui l'agrémentaient étaient plus adaptés à une classe de maternelle qu'aux bureaux d'une prestigieuse holding américaine. Quant à sa jupe, elle n'était guère plus appropriée avec sa grosse tache de peinture sur le devant et les nombreux plis qu'avaient formés les heures passées assise sur le sol à raconter des histoires à ses petits élèves.

— Mademoiselle McCoy ?

Annie se tourna vers une femme souriante d'une trentaine d'années.

— M. Patrick vous attend. Si vous voulez bien me suivre.

Elles prirent l'ascenseur jusqu'au sixième étage et sortirent sur un large palier desservant de nombreux bureaux ainsi que des salles de conférences. A plusieurs reprises, elles croisèrent des hommes en costume pressés qui ne les remarquèrent même pas.

La femme la conduisit devant une porte à double battant qui donnait sur ce qui lui parut être une salle d'accueil. Là, une assistante plus âgée que la précédente lui fit signe d'avancer.

Impressionnée, elle contempla en silence la porte massive qui se trouvait devant elle. Elle se sentit tout à coup moins sûre d'elle, en proie à une nervosité croissante.

Ses lettres à la main, elle franchit le seuil et se retrouva dans le bureau de Duncan. L'endroit, percé d'immenses baies vitrées donnant d'un côté sur la zone d'embarquement et de l'autre sur le hall, était encore plus spacieux que son appartement. Manifestement, le roi Patrick aimait à contempler son empire avec une certaine hauteur.

Il était assis à son bureau, les yeux rivés sur l'écran de son ordinateur. Il pianota sur quelques touches avant de lever sur elle un regard à la fois surpris et heureux.

— Quelle charmante surprise ! s'exclama-t-il en contournant sa table pour aller à sa rencontre.

Elle le trouva séduisant. Irrésistiblement séduisant.

Elle ne put s'empêcher de juger presque incongru son élégant costume alors que, quelques heures auparavant, ils se trouvaient nus dans le même lit, membres enchevêtrés, ne sortant de leur douce torpeur que pour faire l'amour encore et encore.

— Tout va bien ? Tu es pâle comme un linge.

Incapable de prononcer un mot, elle lui agita les lettres sous le nez.

— C'est toi, n'est-ce pas ? finit-elle par articuler. Je n'ose même pas te demander comment tu as obtenu les informations nécessaires pour effectuer ces paiements mais j'imagine que ce sont les jumelles. Tu leur as parlé. Je me trompe ?

Il esquissa un sourire qui se voulait conciliant.

— Je pensais que tu ne me le demanderais pas.

— Ce n'est pas drôle, Duncan. Tu n'avais pas le droit de te mêler de cela.

— Je n'ai pas le droit d'aider les gens ? Mais en agissant ainsi, je croyais aller dans ton sens. C'est bien toi qui m'incites sans cesse à être gentil plutôt que de feindre de l'être, non ?

Ne sachant trop quoi répondre à cela, elle laissa ses bras retomber le long de son corps.

— Pourquoi as-tu fait ça ?

— Parce que j'en ai les moyens. Et parce que, ainsi, tu n'es plus la seule à être bienveillante.

— Pas de ce petit jeu-là avec moi, Duncan, dit-elle avec une pointe d'exaspération. Je ne suis pas d'humeur.

Les effets de sa nuit sans sommeil commençaient à se faire sentir et elle ressentait les signes précurseurs d'une violente migraine lui vriller les tempes.

Le sourire de Duncan s'était évanoui et c'est d'une voix teintée de gravité qu'il répondit :

— Mon but n'était pas de te contrarier. Ce n'est qu'un chèque, Annie. Un simple bout de papier.

— *Deux* chèques, rectifia-t-elle. Et des gros !

Elle lança un coup d'œil autour d'elle pour s'assurer qu'ils étaient bien seuls puis elle baissa la voix.

— Nous avons couché ensemble. Cela change tout.

— La plupart des femmes penseraient le contraire, rétorqua-t-il avec humour.

— Ce serait peut-être le cas si nous sortions vraiment ensemble. Mais nous, nous avons juste conclu un marché. Et payer mes factures ne fait pas partie de ce marché.

— Tu te plains du fait que je te donne plus que prévu ?

Non. Elle avait juste peur de ne pas sortir indemne de cette histoire s'il commençait à devenir l'homme idéal ; l'homme qu'elle se plaisait à imaginer dans ses rêves les plus fous.

Cette prise de conscience subite la cloua sur place.

Evidemment. Comment ne s'en était-elle pas rendu compte avant ? Duncan était une force de la nature, elle était une femme tout ce qu'il y avait d'ordinaire. Il était riche, fort, puissant, elle n'avait pas un sou. Elle aurait dû savoir qu'elle se fourrait dans de sales draps à la seconde même où elle l'avait rencontré.

— Je…, balbutia-t-elle, la gorge nouée. Il ne fallait pas te sentir obligé…

— Je l'ai fait parce que j'en avais envie.

— En tout cas, merci. Cela devrait me faciliter les choses.

Il s'approcha d'elle et encadra son visage de ses larges mains.

— C'était donc si difficile ?

— Non, admit-elle honnêtement.

Elle pressentait qu'il allait l'embrasser ; pourtant, elle ne chercha pas à se dérober. De toute façon, il était trop tard pour tenter de se protéger. Le mieux qu'elle pouvait faire était de tenir jusqu'au bout et de prier pour s'en sortir avec le minimum de dommages. Elle pourrait même considérer cela comme un test à la résistance, une sorte d'épreuve par le feu.

Elle laissa les papiers glisser au sol et noua ses bras autour de son cou, cédant librement à l'étreinte passionnée qui suivit. Ils s'embrassèrent avec une fougue qui éveilla en elle un désir violent.

Elle se pressa un peu plus contre lui, sentit son sexe dur contre son ventre. Il lui serait si facile de l'entraîner à la prendre là, sur son bureau. Si excitant aussi.

Pourtant, elle le laissa s'écarter d'elle et plonger dans son regard.

— Retour à la dure réalité, dit-il avec une pointe de regret.

Elle approuva d'un hochement de tête affirmatif.

— Trop de monde autour de nous. A l'époque, les fenêtres étaient certainement une bonne idée.

Il sourit à son tour.

— Et aujourd'hui ?

— Plus si bonne, je trouve.

Il effleura ses lèvres d'un baiser léger avant d'aller ramasser les feuilles et de les lui tendre. Elle les prit et les fourra distraitement dans son sac.

— Merci, dit-elle encore une fois.

— De rien.

Il passa un bras affectueux autour de sa taille et la reconduisit jusqu'à la porte.

— Mon oncle Lawrence aimerait te rencontrer, lâcha-t-il d'un ton égal.

— Moi aussi j'aimerais bien faire sa connaissance.

Elle tiendrait peut-être là l'occasion de savoir quel enfant il avait été.

— Dimanche soir, chez moi, suggéra-t-il. Cela te convient ?

— Absolument.

Tout en regagnant le parking, elle songea avec une pointe de frustration qu'elle aimerait plus que ces rencontres furtives. Comme, par exemple, se donner l'opportunité de rendre tout cela réel.

« Quelle folie ! » se dit-elle.

Depuis le début, Duncan avait été très clair et il n'était manifestement pas homme à changer d'avis à tout propos.

Une fois Annie partie, Duncan eut du mal à se concentrer. Le rapport sur lequel il travaillait avant son arrivée lui paraissait tout d'un coup nettement moins intéressant. Il fut même tenté de la rattraper et de lui proposer de passer l'après-midi chez lui. Et la soirée aussi, pourquoi pas ? Mais la raison l'emporta. Outre les réunions auxquelles il n'aurait pas été très judicieux d'échapper, il ne pouvait se montrer si imprudent. De plus, même s'il appréciait tout ce qu'elle faisait pour lui, il ne souhaitait pas la voir trop s'impliquer dans leur relation.

Vers 16 heures, son assistante le prévint de l'arrivée d'une certaine Mme Morgan. Ce nom ne lui disant rien, il consulta son agenda, sourcils froncés. Il s'agissait de quelqu'un de la comptabilité, précisait la note qui accompagnait la prise de rendez-vous.

— Faites-la entrer.

Une femme d'une cinquantaine d'années entra en lui souriant timidement. Il remarqua le tailleur mal coupé assorti de chaussures manifestement choisies pour leur confort plutôt que pour leur style.

— Madame Morgan, la salua-t-il en lui désignant le siège qui se trouvait de l'autre côté de son bureau.

— Merci de me recevoir, monsieur Patrick.

Elle tenait un épais dossier entre les mains et, bien que nerveuse, paraissait déterminée.

Il lui proposa un café qu'elle refusa.

— Voilà, commença-t-elle après s'être éclairci la voix. J'ai parlé à Annie le soir de la fête. C'est une jeune femme très ouverte, très sympathique et, lorsque j'ai mentionné le fait que j'avais en tête quelques idées à vous soumettre, elle m'a fortement encouragée à venir vous parler.

Il ne laissa montrer ni surprise ni le moindre ennui.

— Annie croit beaucoup dans les vertus de la communication, dit-il laconiquement.

Visiblement impressionnée, Mme Morgan avala péniblement sa salive avant de poursuivre.

— J'ai repensé à ce qu'elle m'avait dit et je me suis décidée à prendre rendez-vous. Je ne sais pas si vous êtes au courant mais je suis comptable et, à ce titre, je dois me plier, chaque année, à un stage de formation. Le dernier en date traitait des frais d'amortissement.

— Je préfère que ce soit vous que moi, marmonna-t-il.

Elle lui renvoya un sourire cordial.

— C'était beaucoup plus intéressant que vous n'imaginez. J'ai pris connaissance de changements concernant le code fiscal qui pourraient avoir un énorme impact sur les résultats. Si vous voulez bien jeter un coup d'œil…

Elle ouvrit le dossier et lui fit passer plusieurs pages. Elle lui expliqua, ligne par ligne, pourquoi il serait dans leur intérêt de mettre en œuvre de nouvelles tarifications et de nouveaux barêmes. Les changements, insignifiants lorsqu'ils concernaient de petites structures, pourraient avoir des répercussions colossales sur une entreprise comme celle des Industries Patrick.

— Les économies fiscales effectuées pourraient atteindre le million de dollars, conclut-elle au bout de vingt minutes.

— Démonstration impressionnante, madame Morgan. Croyez bien que j'apprécie beaucoup que vous ayez attiré mon attention sur ce problème. J'en parlerai au directeur financier et veillerai personnellement à ce que ces modifications soient appliquées à la lettre.

Mme Morgan se mit à rayonner de fierté.

— Je suis heureuse d'avoir pu vous être utile.

Il pouvait voir à son expression radieuse qu'elle était sincère.

Il avait toujours dirigé son entreprise en inspirant à ses employés un mélange de crainte et d'intimidation. Il n'avait jamais fait partie d'une équipe, préférant faire cavalier seul. Pourtant, à mesure que son entreprise prenait plus d'ampleur, il avait dû s'adapter et changer de stratégie pour pouvoir construire l'empire à la tête duquel il se trouvait.

En voyant Mme Morgan rassembler ses papiers, il comprit tout l'intérêt qu'il avait à encourager les initiatives personnelles. Annie avait sans doute raison. La communication était essentielle au sein d'une entreprise. Il fallait établir un contact permanent avec les employés, leur faire confiance, les motiver. Que lui avait-elle dit, déjà ? Définir des limites mais en changer régulièrement.

— Vous toucherez dix pour cent des économies réalisées, annonça-t-il à la comptable.

Elle le fixa, bouche bée, se demandant si elle avait bien compris.

— Pardon ?

— Vous faites faire de grosses économies à l'entreprise, il est normal que vous en bénéficiiez. C'est la nouvelle politique de la maison, désormais. Je veux encourager les gens qui travaillent pour moi à me soumettre des suggestions qui nous permettront de nous agrandir ou, comme vous venez de le faire, de nous faire économiser de l'argent. Si nous jugeons l'idée bonne, la personne qui l'aura proposée touchera dix pour cent du montant de l'augmentation des ventes ou des économies effectuées.

— Mais…, balbutia Mme Morgan à qui ces sommes donnaient le vertige, dix pour cent, cela représente mon salaire de toute une année.

Il haussa négligemment les épaules.

— Eh bien, considérez que c'est une bonne journée pour vous.

Médusée, elle ouvrit la bouche puis la referma.

— Vous êtes sûr ? finit-elle par dire.

Il confirma d'un hochement de tête.

L'émotion submergea la comptable qui ne put que balbutier :

— Merci, monsieur Patrick. Je… je ne sais pas quoi vous dire. Merci. Merci.

Elle se leva précipitamment et se pressa vers la sortie pour cacher les larmes qui lui brouillaient la vue.

Une fois seul, Duncan se renfonça dans son fauteuil et poussa un profond soupir. Il se sentait… comment dire ? Charitable. Il éprouvait le sentiment très satisfaisant de s'être conduit proprement. Et puis, après tout, chacun allait trouver son compte dans cette nouvelle stratégie.

Il retourna à son ordinateur et entreprit d'écrire un courrier à son directeur général, lui expliquant la nouvelle politique qu'il comptait mettre en place. Avec un peu de chance, le service des relations publiques ferait part de son initiative à la presse, ce qui contribuerait à donner de lui une image un peu plus positive.

Ensuite, lorsqu'il aurait définitivement assis sa réputation d'homme d'affaires altruiste, il serait temps de racheter les parts de ses actionnaires et de se retrouver enfin seul maître à bord, atteignant ainsi le but qu'il s'était fixé : ne rendre de comptes à personne.

Chapitre 8

Annie frappa de petits coups discrets à la porte. Elle se sentait nerveuse. Beaucoup plus que lors de leur premier rendez-vous. Mais son anxiété n'avait rien à voir avec lui. Elle redoutait de rencontrer Lawrence Patrick, le seul parent qui restait à Duncan. Elle voulait tellement lui faire bonne impression ! Se faire aimer de lui !

Elle avait apporté un cake et deux DVD mais à présent elle doutait du choix de ses présents. En matière de distraction, elle aurait mieux fait d'amener avec elle ses cousines et Kami !

La porte s'ouvrit sur un bel homme élancé, aux cheveux grisonnants et aux yeux qui rappelaient sans conteste ceux de Duncan.

— Vous devez être Annie, dit-il en lui adressant un sourire amène. Entrez, entrez. Il me tardait tant de faire votre connaissance ! A croire que Duncan voulait vous garder pour lui tout seul mais c'est probablement parce qu'il sait que j'ai du succès auprès des femmes.

Il lui fit un clin d'œil de connivence qui dissipa son malaise.

— Mmm ! fit-il en lui prenant le cake des mains. Un gâteau au chocolat. Mon préféré.

— Moi aussi je suis très heureuse de vous rencontrer, monsieur Patrick, dit-elle en fermant la porte derrière elle.

— Duncan ne tarit pas d'éloges sur vous, vous savez. Le sachant plutôt avare de compliments, j'en déduis que vous devez être quelqu'un d'exceptionnel.

— Allons, Lawrence, dit Duncan qui venait de les rejoindre, tu pourrais laisser passer quelques secondes avant de faire à Annie la liste de tous mes défauts.

Lawrence eut un petit haussement d'épaules visant à signifier qu'il se fichait bien de ses commentaires.

— Duncan a une téléconférence avec la Chine dans quelques minutes, précisa-t-il à l'intention d'Annie. Nous aurons tout le temps de faire plus ample connaissance.

— J'en suis ravie.

— Magnifique, feignit de grommeler Duncan.

Elle eut le temps de percevoir la lueur amusée qui passa dans son regard lorsqu'il l'attira contre lui et la gratifia d'un baiser tendre et léger.

— Prends garde de ne pas te laisser prendre au charme de ce séducteur impénitent, la prévint-il. Il a des années d'expérience derrière lui.

A cette remarque, elle éclata d'un rire joyeux.

— Qui te dit que ce genre d'hommes ne m'attire pas ?

— Impertinente avec ça ! Voilà qui n'est pas pour me déplaire.

Lorsqu'ils pénétrèrent dans la salle principale, elle sortit de son sac les DVD qu'elle avait achetés.

— Je n'ai pas pu résister, dit-elle.

Lorsqu'il vit la couverture, Lawrence laissa échapper un rire franc. Duncan, lui, secoua la tête d'un air faussement consterné.

— Tu ne fais que l'encourager dans son vice.

Elle posa la copie de *Rocky* sur la table basse la plus proche puis alla s'installer sur un canapé face à celui où Lawrence avait pris place. Duncan s'assit à côté d'elle.

— Rocky était gaucher, commença à expliquer le vieil homme. Particularité qui rebute les autres boxeurs car ils ont beaucoup de mal à anticiper et donc à ajuster leurs coups. Et ce qui fait la force d'un grand boxeur, c'est justement sa faculté d'anticipation.

Il interrompit son explication en voyant Duncan se lever.

— Excusez-moi mais il est temps que j'y aille. Annie, sens-toi libre de somnoler si tu en as envie. Lawrence aime tellement parler qu'il ne s'en rendra probablement même pas compte.

— Je vais profiter de ton absence pour lui livrer tous tes secrets, le taquina Lawrence.

— Je n'en doute pas une seconde.

Duncan à peine sorti, Lawrence se remit à parler.

— Je suis au courant du marché que vous avez conclu. Ainsi que des raisons qui vous ont poussée à accepter.

— Ah…, fit Annie avant de se lancer dans une explication sommaire. En fait, mon frère traverse une passe difficile. C'était le seul moyen que j'avais de l'aider.

— Je n'ai pas dit que c'était une mauvaise chose. Au contraire même, j'ai l'impression que vous prenez votre rôle très à cœur. Seriez-vous à ce point bonne comédienne ?

Elle baissa les yeux sur ses cuisses puis les releva pour affronter le regard direct de Lawrence.

— Non, dit-elle avec franchise. Je ne joue pas, j'aime vraiment Duncan. Et il a beau vouloir donner de lui l'image d'un homme dur et distant, je sais, moi, que ce n'est qu'une façade. Une carapace destinée à cacher que, au contraire, il est bon et généreux.

Lawrence confirma d'un hochement de tête.

— Peu de gens connaissent cette facette de lui. Ils ne croient que ce que la presse dit de lui. Vous savez, il faut être doué d'une force de caractère et d'une maîtrise de soi hors du commun pour parvenir à hisser une société en faillite au premier rang. C'est pourtant ce qu'il a fait. Duncan a tracé sa voie et s'est fait un nom dans des circonstances aussi difficiles.

— Il m'a dit que vous l'aviez encouragé à démarrer.

— Au début, nous ne nous y entendions pas plus l'un que l'autre. Duncan est le fils de ma sœur, une femme plutôt excentrique. Elle était un peu plus jeune que moi. Elle a été ce qu'on appelait à l'époque un bébé surprise. Mes parents étaient ravis d'avoir un autre enfant. Ils l'adoraient et lui passaient tous ses caprices. A leur mort, elle a empoché la moitié de l'héritage qui lui revenait et elle a disparu pour revenir deux ans plus tard, enceinte. Elle n'a jamais voulu dire qui était le père, je ne suis pas certain qu'elle l'ait jamais su elle-même, d'ailleurs. Après avoir accouché de Duncan, elle s'est de nouveau volatilisée dans la nature. C'est ce qu'elle n'a cessé de faire pendant les dix premières années de la vie de son fils : partir, revenir. Le gamin en a eu le cœur brisé.

En fixant la porte derrière laquelle Duncan avait disparu, elle essaya de l'imaginer en petit garçon que sa mère avait abandonné.

— Devenu adolescent, il l'a sommée de faire un choix. Il pensait en secret qu'elle allait rester, bien sûr. Il espérait qu'elle fasse enfin partie de sa vie. Mais non. Elle a choisi de partir. Il n'a plus jamais parlé d'elle, et lorsque j'ai appris sa mort, quelques années plus tard, et que je lui en ai fait part, il m'a répondu qu'il s'en fichait.

Comme il avait dû souffrir ! songeait-elle. Elle ne pouvait croire un seul instant que la mort d'une mère puisse laisser un enfant de marbre.

Cette indifférence affichée ne visait en fait qu'à cacher une trop lourde peine. Par deux fois, les femmes qui auraient dû l'aimer sans condition l'avaient trahi. D'abord sa mère puis Valentine, son épouse. Il n'y avait rien d'étonnant à ce qu'il ait fermé son cœur à l'amour.

— J'ai dû commettre des erreurs, admit Lawrence. Je n'ai pas été très tendre avec lui mais je n'y connaissais rien à l'éducation d'un enfant, moi. J'ai commencé par l'emmener avec moi dans les salles d'entraînement puis je l'ai initié à la boxe. Plus tard, il a pu bénéficier d'une bourse universitaire grâce à ses talents de boxeur.

Il avait parlé avec une pointe de fierté dans la voix.

— Si Duncan est un homme bien, c'est en grande partie grâce à vous, affirma-t-elle.

— Je l'espère. Vous êtes au courant pour son ex-femme ?

Elle opina d'un léger signe de tête.

— Cette union a été un véritable désastre. Je n'ai jamais aimé Valentine et je suis bien content qu'elle ait débarrassé le plancher mais je crains que, à cause de cette expérience malheureuse, Duncan ne veuille plus tenter le coup. Pourtant, aimer une femme, fonder un foyer, serait ce qui pourrait lui arriver de mieux.

Le message n'était pas très subtil, certes, mais elle y vit l'infime espoir de voir un jour son rêve se concrétiser.

— Duncan a été très clair à ce sujet, dit-elle néamoins. Notre relation doit rester strictement professionnelle.

— Mais vous ? Est-ce là ce que vous souhaitez ?

— Peu importe ce que je souhaite, répondit-elle à contrecœur. C'est Duncan qui décide.

— Vous ne manquez pas de caractère. Vous pourriez l'influencer.

— C'est me donner trop d'importance.

— Allons, allons. Vous risqueriez d'être surprise.

« Si seulement il avait raison », se dit-elle. Hélas, elle craignait bien que les épreuves que Duncan avaient endurées lui aient à jamais fermé les portes de l'amour.

— Je lui souhaite sincèrement de trouver quelqu'un qui lui corresponde, se força-t-elle à dire, le cœur serré.

— Même si cette personne, ce n'est pas vous ? demanda Lawrence, un brin sceptique.

— Bien sûr.

Il la considéra un long moment en silence.

— Vous savez quoi ? Je vous crois. Ce qui me fait espérer que les choses vont marcher entre vous. N'abandonnez pas, Annie, accrochez-vous. Duncan n'est peut-être pas facile à vivre mais il vaut le coup qu'on essaie.

La porte du bureau qui venait de s'ouvrir sur Duncan l'empêcha de répondre.

— Alors ? Tu as eu le temps de lui révéler tous mes petits travers ? demanda-t-il en souriant.

— Non. Mais c'était un bon début.

— Heureux d'avoir pu t'aider. Et si nous regardions ce DVD maintenant ?

— Bonne idée, dit Lawrence en adressant à Annie un clin d'œil complice. Et pendant qu'il joue avec tous ses gadgets électroniques, je vais vous raconter la fois où j'ai gagné par K.-O. contre un gaucher. Cela remonte à 1972, à Miami. Vous parlez d'une journée mémorable !

— Vous étiez parti favori ? s'enquit Annie, sincèrement intéressée.

Lawrence eut un sourire où se mêlaient fierté et nostalgie.

— Mon chou, mais à l'époque, j'étais le dieu des rings !

Annie dut renoncer à ses conversations intimes avec Lawrence à mesure que ses sorties avec Duncan devenaient plus fréquentes.

Le lundi, ils assistèrent à un vernissage mettant à l'honneur des peintures abstraites. Qu'un simple point rouge sur une toile totalement vierge puisse être considéré comme une œuvre d'art dépassait son entendement. Elle s'étonna aussi devant une série de toiles noires, entièrement noires, censées représenter la morosité.

Le mercredi fut consacré à une vente aux enchères d'objets réalisés par des célébrités et dont les fonds recueillis devaient être reversés à une œuvre de charité. Duncan y fit l'acquisition d'un arbre stylisé, confectionné par Dolly Parton. Il eut beau avancer qu'il le trouvait magnifique, elle le soupçonna d'avoir eu un coup de cœur pour la chanteuse elle-même.

Ce même soir, ils avaient un dîner au musée Getty de Malibu. Duncan avait prévu de passer la chercher à 17 heures, ce qui lui laissait peu de temps pour rentrer chez elle et se préparer. Elle se félicitait d'être dans les temps lorsqu'elle entendit le souffle caractéristique d'un pneu qui se dégonflait.

— Non ! cria-t-elle en frappant son volant d'exaspération. Ce n'est pas le moment ! Pas ce soir !

Mais y avait-il un bon moment pour ce genre de contretemps horripilant ?

Elle parvint à atteindre le parking d'une supérette que le soleil couchant baignait d'une lumière ocre, plus digne d'un mois d'août que d'un mois de décembre.

Elle descendit de sa voiture et la contourna pour aller vérifier ce qu'elle savait déjà. Heureusement, elle avait une roue de secours et un cric et savait même comment s'en servir. Enfin, en supposant qu'elle soit capable de desserrer l'écrou de sécurité.

Elle jeta un coup d'œil à sa montre et lâcha un juron. Elle ne serait jamais prête à 17 heures ! Mieux valait prévenir Duncan.

— Ici le secrétariat de M. Patrick, lui répondit une voix féminine.

— Bonjour. Annie McCoy pour Duncan, je vous prie.

— Je vous le passe tout de suite, mademoiselle McCoy.

— Un problème ? s'enquit Duncan aussitôt qu'il l'eut au bout du fil.

— Oui. J'ai crevé. Cela risque de me prendre un peu de temps, aussi est-ce préférable que je te rejoigne directement là-bas.

— Manifestement, tu as besoin de nouveaux pneus.

Elle lança un regard excédé sur ses pneus presque lisses.

— Manifestement, oui. Et j'ai prévu de les changer. Dans deux mois, quand j'aurai mis suffisamment d'argent de côté pour ça.

— C'est bientôt la saison des pluies. Il te les faut d'ici là.

Certes. Cependant elle ne voyait pas bien comment augmenter son revenu mensuel. Un miracle, peut-être ? Elle se sentit soudain lasse. Elle était rentrée tard chez elle chaque soir de la semaine et devait malgré tout se lever tôt pour assurer un travail qui exigeait d'elle une immense disponibilité. Alors, la dernière chose dont elle avait besoin, c'était bien que Patrick Duncan enfonce des portes ouvertes !

— J'apprécie beaucoup ta sollicitude, dit-elle en cherchant à dissimuler l'ennui que lui inspirait cette discussion. Mais il fait chaud et je suis fatiguée. Pourrais-tu juste me dire ce que je dois faire ?

— Laisse-moi t'offrir ces pneus.

— Non.

Elle inspira profondément, s'exhortant à rester calme.

— Non merci, répéta-t-elle.

— Tu es censée te trouver où je veux, quand je le veux, lui rappela-t-il. Et si j'estime qu'il te faut de nouveaux pneus pour te rendre à notre lieu de rendez-vous, alors tu n'as pas d'autre choix que d'accepter.

— Duncan, cela ne fait pas partie du marché que nous avons conclu, rétorqua-t-elle d'un ton où se mêlaient colère et tristesse. Tu ne m'achèteras pas de nouveaux pneus, ni quoi que ce soit d'autre d'ailleurs. J'ai accepté le congélateur et c'est déjà beaucoup.

— Pourquoi es-tu en colère contre moi ?

— Ce n'est pas contre toi.

Elle avait juste envie de quitter ce parking pour rentrer chez elle dormir deux jours d'affilée. Et, plus que tout, elle souhaitait échapper à la pitié qu'elle semblait inspirer à Duncan.

— Annie. Parle-moi.

— Je n'ai rien à dire. Je te retrouve là-bas, dans

un moment. Juste le temps qu'il me faut pour changer ma roue.

Duncan resta quelques minutes silencieux. L'ennui avait cédé le pas à l'inquiétude.

Consciente de son mutisme, elle ajouta d'une voix radoucie :

— Je suis désolée de m'être emportée. Je sais que ce dîner fait partie du contrat et je ne me déroberai pas.

— Est-ce vraiment ce que tu penses, Annie ? Tu me crois capable de faire sortir ton frère de l'établissement où il se trouve pour le faire jeter en prison si, toutefois, tu manquais une des soirées prévues ?

— Non, mais…

— Ce qui veut dire oui.

— Ce qui veut dire que je te suis redevable. Ne t'inquiète pas, ma mauvaise humeur est due au fait que j'ai chaud et que je suis fatiguée. Mais après une bonne douche je me sentirai beaucoup mieux.

— Rentre chez toi, Annie, et repose-toi. Tu auras besoin d'être en pleine forme demain soir, pour la fête de l'école.

— La fête de l'hiver, corrigea-t-elle machinalement.

— Ah oui… La fête de l'hiver.

— Je vais t'accompagner à ce dîner, Duncan, décida-t-elle, semblant avoir retrouvé d'un coup sa gaieté coutumière.

— Il n'en est pas question. Reste chez toi et repose-toi. Je me débrouillerai sans toi.

Se prélasser dans un bain, siroter un verre de vin… Elle en rêvait depuis des jours.

— Tu en es certain ?

— Certain. Et au sujet des pneus…

— Duncan, ne me force pas à user de mon cric contre toi, la prochaine fois que je te verrai, gronda-t-elle d'une voix faussement grave.

— Des menaces ? feigna-t-il de s'inquiéter.

— Je refuse que tu m'achètes ces pneus.

— Et si je passais un deal avec mon fournisseur ? Du fait que j'équipe tous mes camions chez eux, mes employés pourraient profiter de tarifs très intéressants. Et, jusqu'à preuve du contraire, tu es bien l'une de mes employées. Je me trompe ?

Evidemment, vu sous cet angle-là…

— Après que j'aurai vu une preuve écrite, peut-être.

— Tu es coriace.

— Mieux vaut l'être lorsqu'on passe ses journées avec des enfants de cinq ans. Cela demande certains talents de négociateur.

— Je vois, en effet. Alors, acceptes-tu que je t'envoie de l'aide pour changer ce fichu pneu ?

— C'est inutile. Le temps que ton homme arrive, j'aurai déjà fini. J'ai l'habitude de me débrouiller seule, tu sais.

— D'accord. Passe-moi un coup de fil lorsque tu seras chez toi pour me dire que tout va bien.

Sa requête l'étonna quelque peu.

— Mmm… bien sûr.

— Au revoir.

— Au revoir.

Elle referma le clapet de son téléphone et alla chercher ses outils dans le coffre. Curieusement, sa fatigue s'était complètement dissipée. Elle repensa aux paroles de Duncan. Devait-elle y voir le signe qu'il s'inquiétait pour elle ? L'espoir était faible mais elle s'y accrocha de toutes ses forces.

Ce vendredi soir, Annie passa attentivement en revue chacun de ses petits élèves afin de s'assurer qu'ils portaient bien le T-shirt blanc pourvu d'ailes d'ange et les auréoles pailletées qu'elle avait demandés.

Pour la centième fois, elle alla ensuite jeter un coup d'œil furtif derrière les lourds rideaux de la scène pour voir si Duncan était là.

Il n'était toujours pas arrivé. Mais, après tout, ils ne s'étaient pas fixé de rendez-vous ferme. Il lui avait juste dit qu'il essaierait de passer — façon courtoise de lui signifier que son invitation ne l'intéressait pas. Comment lui en vouloir ? Il avait certainement mieux à faire que de passer sa soirée en compagnie d'enfants surexcités qu'il ne connaissait même pas.

Le cœur lourd, elle laissa retomber le pan du rideau et pivota sur elle-même pour rejoindre son groupe d'élèves. C'est alors qu'elle se heurta à un corps musculeux qui se tenait juste derrière elle. Duncan.

— Que fais-tu ici ? demanda-t-elle, troublée.

— Tu m'as demandé de venir, tu te rappelles ?

Elle eut un petit rire gêné et pria intérieurement pour ne pas se mettre à rougir comme une adolescente attardée.

— Je voulais dire là, en coulisses.

— J'avais envie de te voir un instant en privé avant le début du spectacle. Une maman a gentiment proposé de me réserver un siège à côté d'elle.

Elle considéra ses larges épaules, ses traits virils, les muscles qui saillaient sous son costume.

— Comme c'est curieux, se moqua-t-elle gentiment.

— Quoi ?

— Rien. Merci d'être venu mais tu n'étais pas obligé.

— Je voulais vérifier que tu n'étais plus en colère.

— Je n'ai jamais été en colère.

Elle vit une lueur amusée danser au fond de ses yeux clairs.

— Tu ne sais pas mentir, Annie.

— J'étais contrariée, c'est différent.

— Tu étais en colère, s'entêta-t-il. Tu hurlais presque au téléphone.

Elle aimait bien lorsqu'il la taquinait ainsi car elle y voyait le signe d'une certaine connivence. Elle songea au chemin parcouru depuis leur première rencontre. Elle avait découvert derrière l'homme froid et impénétrable des débuts un homme indéniablement doué de qualités humaines rares.

— Non, j'étais parfaitement calme et rationnelle, insista-t-elle à son tour.

Il la prit par le bras et l'entraîna dans une espèce d'alcôve, un peu à l'écart.

— Tiens, dit-il en lui tendant une feuille de papier.

C'était une note de service sur laquelle figuraient en détail les mesures concernant les prix discount désormais pratiqués sur tout pneu neuf acheté.

— Maintenant, accepteras-tu enfin de faire réparer cette satanée voiture ?

Elle le fixa, émue, sachant que ces nouvelles mesures ne s'appliquaient pas qu'à elle mais à l'ensemble des employés des Industries Patrick.

Elle se hissa sur la pointe des pieds et effleura sa joue d'un baiser infiniment tendre.

— Oui. Je te le promets.

Il profita de ce rapprochement pour l'enlacer et l'attirer à lui.

— Bien. Tu es un brin pénible, tu sais ?

— Oui, admit-elle en riant. Et toi, un brin tyrannique.

Ils restèrent ainsi enlacés un long moment avant qu'Annie ne s'écarte à contrecœur.

— Je dois vite retourner auprès de mes élèves si je ne veux pas que leurs auréoles s'effondrent pour de bon.

— D'accord, je te retrouve après le spectacle.

— Oui, dit-elle en s'éloignant, le cœur battant la chamade.

Car la réalité venait de la frapper de plein fouet. Elle ne connaissait Duncan que depuis quelques semaines et, pourtant, elle était sur le point de tomber follement amoureuse.

Lorsque Duncan pénétra dans son bureau le lundi matin suivant, il trouva sur sa table de travail une assiette pleine de cookies protégés par un film plastique. Un petit mot l'accompagnait.

« Cher M. Patrick,

» Merci beaucoup pour les prix discount dont nous allons pouvoir bénéficier. J'élève seule mes trois enfants et c'est vrai que mon budget est un peu serré. J'avais besoin de nouveaux pneus depuis longtemps mais ne pouvais me payer le luxe de les changer. Ces prix avantageux signifient que je vais pouvoir rouler en toute sécurité.

» Je me suis toujours dévouée à mon travail mais je vous remercie de me donner une raison supplémentaire d'être fière de travailler pour votre entreprise.

» Je vous souhaite de très bonnes fêtes de fin d'année.

» Cordialement

Natalie Jones.
Service comptable. »

Duncan ne savait rien de la personne à qui il avait à faire. Il ignorait qui elle était et depuis combien de temps elle travaillait pour lui.

Un brin troublé, il prit un biscuit et mordit dedans. Des cookies aux pépites de chocolat. Ses préférés.

Il alla se poster devant la baie vitrée surplombant le hall où se pressaient des dizaines et des dizaines d'employés venus commencer leur semaine. Des employés auxquels il n'avait jamais pris le temps de s'intéresser.

Il n'en avait pourtant pas toujours été ainsi. Dix ans plus tôt, il aurait été capable de les nommer tous individuellement. A cette époque-là, il travaillait vingt heures par jour, se démenant pour rendre dans un premier temps sa société rentable puis pour lui donner très vite une ampleur supplémentaire.

Aujourd'hui, il n'avait plus de contact direct qu'avec son équipe de managers et son assistante et n'avait de temps à consacrer à personne d'autre.

Qui étaient ces gens ? se demanda-t-il, pensif. Pourquoi avaient-ils choisi sa société plutôt qu'une autre ? Aimaient-ils leur travail ?

Son regard revint se poser sur l'assiette de cookies et sur le petit mot. Peut-être était-il temps qu'il sorte de sa réserve pour renouer avec ses anciennes habitudes. Pour se montrer plus réceptif aux attentes de ses employés. Pour demander plutôt que d'exiger.

Peut-être était-il temps qu'il cesse d'être l'homme d'affaires le plus détestable du pays.

Chapitre 9

Duncan détestait assister aux conseils d'administration mais celui-ci se révéla être pire que d'habitude. Pas à cause des remarques acerbes de ses actionnaires, cela il savait parfaitement le gérer, mais à cause du sourire satisfait qui flottait sur leurs lèvres.

Il ignorait la raison de leurs sourires radieux mêlés de fierté.

— Les deux derniers articles parus sur toi sont excellents, le félicita Lawrence. Très positifs.

— C'était le but, non ?

— Ce journaliste…, commença l'un des actionnaires.

Il s'interrompit pour chausser ses lunettes de lecture avant de poursuivre.

— … Charles Patterson. Il n'hésite pas à parler de « prise de conscience ». Qui est cette Annie Mc quelque chose ?

— Annie McCoy, précisa Lawrence. C'est la jeune femme qui accompagne Duncan dans ses sorties.

Les actionnaires braquèrent sur lui un regard interrogateur.

— Annie est institutrice, répondit-il. Une femme charmante et sympathique, telle que vous la vouliez et sur qui, visiblement, Charles a craqué.

— Bien joué, mon gars, le félicita à son tour le doyen de l'assemblée. Vous pourriez nous l'amener ici afin que nous fassions sa connaissance.

— Je n'en vois pas l'utilité, trancha Duncan qui imaginait mal la jeune femme livrée aux questions de ce groupe de vieillards libidineux.

— Annie a quelque chose de spécial, expliqua encore Lawrence. Elle ferait une épouse idéale pour Duncan.

Il plissa les yeux, désireux de mettre les choses au point.

— Il n'a jamais été question de dépasser le cadre professionnel, précisa-t-il d'une voix qu'il voulait ferme. Je vous rappelle qu'il s'agit d'un marché et rien de plus. Vous m'avez demandé de redorer mon image, ce que j'ai fait. Ne voyez rien d'autre dans cette démarche.

— Il m'a semblé y voir autre chose, moi, pointa Lawrence.

— C'est sans doute parce que les apparences sont souvent trompeuses.

Aucun des hommes ici présents n'avait besoin de savoir que, oui, Annie occupait une place importante dans sa vie mais qu'il était hors de question de déroger aux règles qu'ils s'étaient fixées. Leur relation prendrait fin avec les fêtes de Noël. Comme prévu.

Le conseil souleva d'autres questions dont ils débattirent puis, lorsque la séance fut levée, Lawrence seul s'attarda dans la salle de conférences.

— Tu es sérieux, Duncan ? Tu comptes vraiment ne plus revoir Annie lorsque votre contrat sera arrivé à son terme ?

Il observa un moment de silence avant de reprendre.

— Tu sais, je vous ai bien observés tous les deux. Et ce que j'ai vu dépasse largement ce cadre que tu voudrais strictement professionnel. Tu devrais l'épouser, Duncan.

Il secoua la tête.

— J'ai déjà été marié.

— Tu n'avais pas fait le bon choix. Je ne sais pas ce que Valentine attendait de toi mais, à mon avis, ce n'était pas l'amour. Annie est différente. C'est le genre de femme stable avec qui passer toute sa vie.

Qu'en savait-il, ce vieux gâteux qui s'était laissé passer la corde au cou à cinq reprises ?

— D'où tiens-tu une telle certitude ? demanda-t-il avec un brin d'ironie.

— Je suis plus âgé que toi, j'ai donc plus d'expérience. J'ai vécu, commis des erreurs, éprouvé des regrets. Et, crois-moi, il n'y a rien de pire et de plus douloureux que de renoncer à la femme de votre vie. Tu as toujours eu plus de jugeote que moi, Duncan. Alors continue, et ne fais surtout pas comme moi.

— Merci du conseil, dit Duncan en se levant pour partir.

— Mais tu ne vas pas le suivre, c'est ça ?

— J'ai fait ce que le conseil m'a demandé. Vous n'obtiendrez rien d'autre de moi.

Lawrence le considéra un moment en silence.

— Vois-tu, dit-il avec gravité, tout le monde n'abandonne pas les siens.

Si Duncan fut ébranlé, il n'en montra rien. Il savait, lui, la vie s'étant chargée de le lui apprendre, que tous les gens qui vous touchaient de près partaient un jour ou l'autre. Mieux valait continuer à se préserver d'un tel sort. C'était plus sûr.

Comme s'il avait lu dans ses pensées, Lawrence reprit :

— Elle ne te quitterait pas. Il n'y a qu'à regarder la façon dont elle vit.

— Que sais-tu de sa vie, toi ?

— Ce que tu m'en as dit. Héberger ses cousines et leur amie est bien la preuve qu'elle adore la vie de famille. En outre, c'est une personne généreuse qui participe financièrement à leurs études ; qui n'a pas hésité à passer ce marché avec toi juste pour sortir son frère de l'impasse où il se trouvait et alors qu'il s'apprêtait à sacrifier ses biens personnels. C'est une battante, qui s'accroche, qui n'abandonne pas facilement.

Tout ce que disait Lawrence était juste, pourtant il s'entendit répondre prudemment :

— C'est différent.

— C'est faux et tu le sais. Annie a peur parce qu'elle est consciente du fait qu'elle n'est qu'un pion que tu peux manipuler à ta guise. Ne laisse pas une expérience malheureuse gâcher le reste de ta vie. Tu risquerais de t'en mordre les doigts jusqu'à la fin de tes jours.

— Tout va bien, je t'assure.

— Oh, tu peux bien chercher à t'en persuader si tu veux, mais tu ne trompes que toi. Tu n'as peur de rien, Duncan, sauf qu'on te brise de nouveau le cœur. Mais Annie n'est pas Valentine. Elle est ta seule chance de vivre avec quelqu'un qui a les mêmes valeurs que toi.

Duncan se surprit à écouter attentivement les conseils de son oncle, ce qui le dérouta quelque peu.

— De toute façon, s'entêta-t-il, Annie s'est embarquée dans cette histoire pour épargner la prison à son frère. Cela n'a rien à voir avec des sentiments supposés qu'elle pourrait me porter.

— Ce n'était peut-être pas le cas au début, mais elle a pu changer. Tout tend à prouver qu'elle est tombée amoureuse de toi. Crois-moi, une opportunité pareille ne se présente qu'une fois dans une vie, alors ne la laisse pas passer.

Une fois Lawrence parti, il resta seul avec ses interrogations. Son oncle avait-il raison ? Regretterait-il un jour d'avoir laissé Annie lui échapper ?

Il avait si peur de se tromper une nouvelle fois ! Ecouter ce que lui dictait son cœur lui avait déjà coûté très cher mais il avait appris que l'amour n'était qu'une illusion, que c'était un mot dont les femmes n'hésitaient pas à abuser pour profiter de la faiblesse des hommes.

Annie était peut-être différente, toutefois il n'était malheureusement pas certain de vouloir tenter le coup.

Duncan avait beau essayer de se noyer dans le travail, les paroles de son oncle ne cessaient de tourner en boucle dans son esprit.

L'idée même de saisir cette opportunité d'être heureux faisait vaciller ses certitudes. D'ailleurs, le fait de se trouver à une semaine de Noël dans une galerie marchande bondée de monde, en quête de cadeaux pour les cousines d'Annie et Kami n'en était-il pas la preuve flagrante ?

Il allait quitter le magasin dans lequel il se trouvait lorsque son attention fut attirée par un panneau vantant les mérites de pulls en cachemire. Il se dirigea vers le rayon où se trouvait toute une collection de chandails et où il fut abordé par une vendeuse, élégante et souriante.

— Cherchez-vous quelque chose pour votre épouse, ou votre petite amie ?

— Pour ses cousines, en fait. Et une amie. Ce sont de jeunes étudiantes. Pensez-vous qu'un pull en cachemire ferait l'affaire ?

— Absolument. J'imagine que vous ignorez leur taille ?

Il haussa les épaules avant de pointer du doigt une cliente qui s'éloignait.

— Elles sont à peu près de cette taille-là.

— Je vois. Voulez-vous choisir les couleurs ?

— Non.

— Je vous fais un paquet-cadeau ? insista la vendeuse que l'indifférence affichée de Duncan pour ce genre de préoccupation ne décourageait nullement.

— Ce serait parfait.

— Donnez-moi un quart d'heure. En attendant, vous pouvez aller prendre un café au bar qui se trouve derrière le rayon chaussures. Vous y serez à l'écart de la foule.

En suivant ses indications, Duncan passa devant le rayon des articles de Noël. Il s'arrêta devant un petit sapin habillé d'or et d'argent et décoré de douzaines d'anges miniatures dont l'air ingénu lui rappelait Annie. Il le prit et marcha d'un pas vif vers la caisse.

Annie lança un coup d'œil inquiet sur la boîte de caramels qu'elle avait placée sur le siège passager. Elle constata avec soulagement que, en dépit du brusque coup de frein qu'elle avait dû donner, la boîte n'avait pas été éjectée sur le tapis de sol. Elle qui, en temps normal, était une conductrice attentive, avait ce soir-là beaucoup de mal à se concentrer. Sans doute à cause de l'invitation de Duncan à « passer le voir » si elle en éprouvait l'envie.

Ils traversaient une période d'accalmie, quatre jours entiers sans une quelconque réception à honorer de leur présence, avant de se retrouver de nouveau emportés par le tourbillon étourdissant des sorties.

Pourtant, cette pause qui, lorsqu'elle l'avait pointée sur son planning, l'avait mise en joie, l'avait par la suite déroutée. Quatre jours, quatre nuits. Cette perspective lui avait paru une éternité. Duncan lui manquait et elle ne savait comment occuper ses soirées désormais libres.

C’est alors qu’il l’avait appelée, l’invitant à venir chez lui.

Pourquoi ? Elle espérait que c’était parce qu’elle aussi lui manquait mais elle n’osait trop y croire. Il n’y avait aucune raison de penser que leur relation avait changé, en tout cas en ce qui le concernait.

Car elle se sentait sur le point de tomber désespérément amoureuse de lui. Mais comment ne pas succomber à un homme beau, drôle et intelligent et, qui plus est, qui s’était montré attentionné aux moments les plus critiques de sa vie ?

« Si seulement… », commença-t-elle avant de s’interrompre. Non. Elle n’allait pas céder au chant des sirènes parce que, lorsque toute cette comédie serait terminée, il ne lui resterait plus que sa fierté et ses yeux pour pleurer.

Elle se gara dans le parking réservé aux invités puis prit l’ascenseur jusqu’à l’appartement de Duncan. Il vint lui ouvrir sans la faire attendre.

— Merci d’être venue, dit-il en plantant dans le sien son regard déjà brûlant de désir.

— Merci de m’avoir invitée, répondit-elle en lui tendant presque timidement la boîte de caramels. Tiens, c’est moi qui les ai faits. Je ne sais pas si tu aimes, sinon tu pourras toujours les apporter au bureau ou…

Au lieu de s’emparer de la boîte de friandises, il l’agrippa par le poignet et la tira presque à l’intérieur. A la seconde où la porte se referma sur eux, il l’enveloppa de ses bras et pressa ses lèvres sur les siennes.

Les jambes tremblantes, vibrante de désir, elle se débarrassa comme elle put de la boîte et de son sac à main.

Elle eut comme un vertige qui la poussa à s'accrocher à lui et à se plaquer contre son corps. Au comble de l'excitation, elle sentit son membre déjà dur contre sa cuisse. Elle entrouvrit la bouche, enroulant sa langue autour de la sienne, répondant avec fébrilité à ses baisers ardents.

Il se pencha légèrement vers elle et elle se sentit décoller du sol, emportée dans des bras musculeux qui lui donnaient l'impression d'être aussi légère qu'une plume. De façon presque instinctive, elle enroula ses jambes autour de ses hanches et ainsi calée, en sécurité, elle le laissa la transporter jusqu'à sa chambre. Là, il la fit doucement glisser au sol avant de la faire pivoter, face à la pièce.

Elle repéra tout de suite le petit sapin, qu'il avait mis en évidence sur une commode. Il avait pris soin de brancher la guirlande multicolore qui clignotait sporadiquement, unique source de lumière de cette vaste pièce.

— Je croyais que tu détestais les sapins de Noël, dit-elle, la voix étranglée d'émotion.

— Lorsque je l'ai vu, il m'a fait penser à toi.

Ces mots, murmurés à son oreille, lui firent monter les larmes aux yeux. Anxieuse de lui cacher son trouble, elle prit une profonde inspiration avant de se tourner vers lui et de plonger son regard dans le sien.

Un flot d'émotions la submergea alors, dans lequel elle reconnut un mélange de désir et d'amour. Un amour profond qu'il était vain de nier. Oui, elle aimait Duncan de tout son cœur. Quoi qu'il arrive et quelle que soit la fin qu'il donnerait à leur relation, elle l'aimerait jusqu'à la fin de ses jours.

Jamais encore elle n'avait ressenti un sentiment aussi intense. Et même si la réalité la rattrapait, elle et Duncan ? Comment serait-ce possible ? Elle était bien déterminée à vivre cette nuit avec lui comme un cadeau dont elle allait profiter sans se poser d'autres questions.

Elle leva son visage vers lui pour lui offrir ses lèvres. Si elle s'interdisait de lui parler des sentiments qu'elle lui portait, du moins pouvait-elle les lui montrer, se dit-elle en dessinant les muscles de son torse du bout des doigts.

Elle passa ses mains sous son pull et les laissa courir sur sa peau douce et chaude. C'était le signal qu'il attendait : il retira son chandail, offrant, immobile, son torse à sa bouche fébrile.

Le souffle court, il encadra son visage de ses larges mains, la forçant à lever la tête sur lui. Leurs lèvres étroitement scellées, il l'entraîna vers le lit où ils basculèrent ensemble. Elle retira à la hâte sa jupe et son chemisier puis dégrafa son soutien-gorge, brûlant de sentir sa peau sur ses seins nus.

Les mains de Duncan se mirent alors à voler sur sa peau satinée, effleurant, massant, agaçant partout où elles passaient. Lorsqu'elles se posèrent, immobiles, sur la toison blonde de son pubis, elle retint sa respiration. Elle aurait voulu lui crier de continuer, de fouiller ses parties intimes moites de désir, de la faire hurler de plaisir. Elle ne put que laisser échapper des gémissements qui l'incitèrent à poursuivre cette douce torture.

Délicatement, il insinua ses doigts jusqu'à la minuscule vulve, source de son plaisir. Un frémissement presque douloureux la parcourut tout entière. Du bout de l'index, sans jamais presser trop fort, il commença à imprimer des cercles sur la chair tendre et gonflée, d'abord tout doucement puis un peu plus fort tandis qu'elle ondulait sensuellement des hanches, se rapprochant chaque seconde un plus près de l'orgasme.

Elle fut soudain secouée des vagues successives d'un plaisir insondable.

Lorsque, enfin, elle reprit pied avec la réalité, elle le vit qui la contemplait comme s'il voulait la sonder jusque dans son âme. Elle lui adressa un sourire de femme comblée avant de se pencher vers lui pour l'embrasser.

— Merci, dit-elle dans un souffle. C'était bon.

— Bon ? dit-il en feignant de s'indigner. C'était juste bon ?

Son trait d'humour la fit rire.

— C'était merveilleux.

— Ah, je préfère. Mon ego…

Elle tendit la main vers son membre tendu et l'enserra étroitement.

— Ton ego semble très bien se porter, dit-elle d'une voix sensuelle. Nous devrions en profiter.

— Si tu insistes…

— J'insiste.

Il ne lui fallut que quelques secondes pour prendre un préservatif dans le tiroir de sa table de nuit, le sortir de son étui et le faire glisser sur son sexe dur et lisse.

Elle s'ouvrit un peu plus à lui, superbe d'impudeur, pour lui permettre de la remplir toute. Une fois qu'elle le sentit profondément ancré en elle, elle s'arca, répondant à ses assauts répétés, se mouvant en cadence sous lui. Le plaisir durcissait les traits de Duncan, raidissait un peu plus ses muscles déjà tendus. Elle imaginait que derrière ses paupières closes son plaisir était aussi intense que le sien.

Frémissante, vibrante, elle calqua son rythme sur le sien, accentuant ainsi la friction qui allait la conduire sur les vagues d'un plaisir qu'elle savait indicible.

Elle eut soudain une conscience aiguë du regard qu'il dardait sur elle. Un regard qui avait perdu toute sa douceur, un regard qui exprimait l'urgence de son désir et qui ne faisait que l'exciter un peu plus. Elle était en proie à une volupté frénétique, à la limite du désespoir, jusque-là inconnue d'elle.

Elle ressentait l'étrange sensation d'être désincarnée, d'être en proie à une force étrangère qu'elle ne comprenait pas et qu'elle ne pouvait plus contrôler. Elle…

L'orgasme déferla sur elle, telle une vague géante. Elle s'arc-bouta, laissant échapper des gémissements d'un plaisir qui semblait sans fin et qui monta d'un cran lorsqu'elle entendit Duncan la rejoindre.

Elle sut alors que plus rien ne serait comme avant. Qu'elle ne serait plus comme avant. Elle n'aurait peut-être pas Duncan mais elle exigerait désormais de vivre la même passion et d'aimer avec cette même folle intensité.

Ce qui avait jusque-là manqué à sa vie, se dit-elle, délicieusement repue.

Plus tard, alors qu'ils étaient allongés côte à côte, elle ferma les yeux, cherchant à graver dans sa mémoire le moindre détail de ce moment magique qu'elle venait de vivre.

— Tu as sommeil ? demanda-t-il d'un ton taquin.

— Non. Je suis juste bien. Faire l'amour avec toi est tellement extraordinaire !

— Merci. C'est mieux que bon.

Elle lui adressa un sourire indolent et changea de position afin de pouvoir le regarder droit dans les yeux.

— Ce n'est pas ce que je voulais dire. Avec les deux hommes dont je t'ai parlé, c'était tellement différent ! Ou peut-être est-ce moi qui ai changé. Ce qui est sûr, c'est que je n'ai jamais ressenti…

Elle s'interrompit pour chercher les mots justes.

— … un tel flot d'émotions.

— Pourquoi ? Ne le prends pas mal mais tu es pourtant une fille facile.

Elle s'assit, recouvrant du drap sa poitrine nue.

Facile ? Elle qui ne pensait qu'en termes d'amour et de romantisme ?

Comprenant qu'il l'avait blessée, il s'assit à son tour et écarta les mains en signe d'excuse.

— Je retire ce que je viens de dire. J'aurais dû employer le mot « réactive », plutôt. J'ai connu tant de femmes insaisissables, bien loin de ce que tu es. Et j'aime que tu sois comme tu es, ajouta-t-il dans un sourire. C'est pour moi le signe d'une force positive.

— Merci.

— Comment était-ce avec les autres hommes ? voulut-il savoir.

— Eh bien, disons que cela n'avait rien de torride.

C'est en prononçant ces mots qu'elle réalisa que, contrairement à ce qu'elle avait cru, elle n'avait pas été vraiment amoureuse d'eux.

— Vraiment ?

— J'aimais bien faire l'amour avec eux, mais cela n'avait rien de comparable avec ce que je viens de vivre avec toi.

Il cala son oreiller contre la tête de lit et se laissa aller en arrière.

— Parle-moi d'eux.

— Oh, tu sais, il n'y a pas grand-chose à en dire. J'ai rencontré Ron à l'université où il poursuivait des études d'ingénieur. Je crois bien que j'ai été sa première grande histoire, tout comme lui a été la mienne. Nous n'avions pas beaucoup d'expérience, nous avons découvert ensemble les choses de l'amour.

— Mais tu n'étais pas heureuse avec lui.

— Je croyais l'être puisque je n'avais aucun point de comparaison.

— Tu étais satisfaite, alors.

— Disons que je ne savais pas quoi attendre de plus. Il était drôle, intelligent et nous passions de bons moments ensemble.

Leur histoire avait duré trois ans. Trois ans durant lesquels elle s'était persuadée qu'elle l'aimait.

— Nous étions en dernière année de fac lorsqu'il a rompu. Il avait rencontré quelqu'un. La femme de sa vie, paraît-il. Mais, bien sûr, lui et moi allions rester amis.

Ce souvenir désagréable lui fit plisser le nez.

— Je n'ai jamais voulu le revoir.

— Tu as bien fait. Et le numéro deux ?

Avait-elle senti un brin d'ironie dans sa voix lui laissant à penser qu'elle ne rentrait pas dans les normes ? Lui, à n'en pas douter, avait dû avoir des dizaines de femmes dans sa vie, avant et après Valentine.

— A.J., précisa-t-elle en soupirant. Il était le directeur adjoint de mon école. Nous nous sommes plu au premier coup d'œil. Les choses étaient faciles entre nous.

Il réalisa qu'il avait commis une grossière erreur en lui demandant d'évoquer sa vie amoureuse. Il le sentait à la pointe de contrariété qui s'accentuait à mesure qu'elle lui donnait plus de détails. Et le fait de savoir que ces hommes faisaient partie d'un passé révolu ne changeait rien à l'envie qu'il avait de leur mettre son poing dans la figure. De leur faire regretter à jamais de lui avoir fait du mal. Il comprit alors qu'il la voulait pour lui seul.

« Jusqu'à la fin des fêtes, mon vieux, se chapitra-t-il. Pas au-delà. »

— Lui aussi était un compagnon drôle et intelligent. En plus, il adorait les enfants.

Un voile de tristesse assombrit son visage.

— C'est difficile à expliquer mais c'était un peu comme si nous étions destinés à nous rencontrer. Chaque chose était bien à sa place, nous ne nous compliquions pas la vie. Nous avions même évoqué l'idée de nous marier, le jour de notre anniversaire de rencontre.

Il sentit comme un poids lui comprimer l'estomac.

— Que s'est-il passé ? demanda-t-il.

— Tandis que j'échafaudais des projets de mariage, il a accepté un poste à Baltimore. Il m'a demandé de le suivre, bien sûr. Mais Jenny et Julie vivaient déjà avec moi à l'époque. Je ne pouvais pas les laisser seules. A.J. et moi sommes convenus de nous retrouver une fois par mois.

— Il te manquait ?

— Bien sûr.

Elle se rapprocha de lui et posa sa tête sur son épaule avant de poursuivre.

— Je pensais que nous avions trouvé notre rythme de croisière et que les choses étaient bien ainsi. Jusqu'au week-end du Memorial Day où il m'a annoncé que c'était fini entre nous. Le temps et la distance lui avaient fait comprendre qu'il n'était pas aussi amoureux de moi qu'il le croyait. Mais nous allions rester amis, n'est-ce pas ? répéta-t-elle avec une pointe d'amertume.

Elle inspira profondément pour avouer d'une voix teintée de tristesse :

— Je n'ai toujours pas compris ce qui clochait chez moi.

Il aurait tant voulu lui dire que rien ne clochait, qu'elle s'était juste trompée dans les choix qu'elle avait faits, comme cela arrivait fréquemment. Pourtant il garda ses réflexions pour lui.

— Il vaut mieux que cette rupture se soit produite avant que tu ne le rejoignes, finalement.

Elle le regarda, interloquée.

— Je n'aurais jamais vécu avec lui avant d'être mariée !

Cette affirmation amena un sourire amusé sur les lèvres de Duncan.

— Pourtant, vous couchiez ensemble.

— C'est différent. Personne n'en savait rien. Mais vivre avec lui en dehors du mariage… Je suis institutrice et, en tant que telle, je me dois d'avoir une conduite irréprochable. Quel exemple aurais-je été pour mes élèves ? Et pour mes cousines et Kami ? Les enfants ont tendance à calquer leur comportement sur celui de leurs aînés.

Pourtant, ces propos étaient en parfaite contradiction avec les gémissements de plaisir qu'elle avait poussés entre ses bras. Décidément, il n'était pas au bout de ses surprises avec elle ! Il se surprit à penser qu'une vie ne suffirait pas à explorer toutes les facettes de cette drôle de jeune femme.

— Tu ne renonceras donc jamais à chercher l'homme idéal, n'est-ce pas ?

— Non. Et je finirai par le trouver, j'en suis sûre, répondit-elle en se calant un peu plus contre lui. J'ai toujours voulu me marier et avoir des enfants et je me vois très bien vieillir auprès du même homme. Nous serons à la fois amis et amants et nous veillerons mutuellement l'un sur l'autre. Mais tout cela est bien trop conventionnel pour toi, tu ne peux pas comprendre.

— Non. Mais je conçois qu'on puisse être profondément attaché aux traditions.

— Pas comme toi.

— Je te rappelle que j'ai acheté un sapin de Noël. En faisant ce geste, n'ai-je pas sacrifié à la tradition ?

— C'est un début, en effet.

Il sentait bien qu'elle attendait plus de lui. Des promesses, un engagement quelconque. Mais il ne pouvait pas. Il se sentait incapable de lui offrir ce qu'elle méritait, ce dont elle avait besoin, car une fois déjà sa confiance avait été trahie et il estimait que c'était bien assez. Il espéra de tout son cœur qu'elle le comprenait.

Pourtant, Annie ne pouvait être plus différente de Valentine. Il regretta sincèrement de ne pas l'avoir rencontrée avant et de ne pas avoir le pouvoir de changer le cours des choses. Aussi, il ne changerait rien aux termes de leur contrat ; et, lorsque les fêtes seraient finies, il sortirait de sa vie sans lui proposer de rester amis. Comme elle le souhaitait.

— Pourquoi es-tu aussi nerveuse ? lui demanda Duncan. Détends-toi.

— Je ne peux pas, murmura Annie qui, malgré tous ses efforts à paraître désinvolte, n'y parvenait pas.

La faute n'en revenait pas à son bustier, si étroit qu'il l'empêchait de respirer normalement, ni à ses escarpins, si hauts qu'ils entravaient sa démarche. La faute en revenait à la parure somptueuse qui ornait son décolleté et ses oreilles. Des bijoux d'une valeur inestimable qui lui donnait le vertige. Elle ne cessait de tripoter le pendentif en diamants qui plongeait dans son décolleté pour s'assurer qu'il était bien là. Car, si elle n'y connaissait pas grand-chose en joaillerie, elle savait qu'elle portait autour du cou la plus grosse pierre précieuse qu'elle ait jamais vue !

La parure avait été livrée le matin même par un agent de sécurité, un grand costaud qui avait fait signer à Duncan un tas de documents officiels avant de lui tendre le précieux écrin.

— Dis-moi que ces merveilles sont bien assurées, dit-elle à voix basse. Au cas où je me ferais attaquer ou si par malheur le fermoir se cassait sans que je m'en rende compte.

— J'ai passé ce marché avec le joaillier, pensant te faire plaisir. Pas pour te rendre malade d'angoisse.

C'était un geste charmant, une attention qu'elle appréciait tout particulièrement. Enfin... qu'elle apprécierait beaucoup plus dès qu'elle serait allée se soulager de l'oppressant besoin de vomir qui l'assaillait depuis un bon moment.

— Dis-moi juste que je ne porte pas sur moi pour un million de dollars de bijoux et je te promets que j'irai beaucoup mieux.

Il lui fit un clin d'œil de connivence.

— Ils ne valent pas un million de dollars, affirma-t-il.

— Trop facile. Tu mens.

— Moi ? feignit-il de s'offusquer. Comment peux-tu penser une chose pareille ?

Après tout, mieux valait ne pas savoir, décida-t-elle tandis qu'ils pénétraient dans l'élégante salle de bal de l'hôtel, déjà noire de monde. C'était une grande réception censée réunir plus de deux cents invités.

Elle avait instauré comme règle de ne pas boire d'alcool durant ces soirées. Pourtant, ce soir-là, elle dérogerait à la règle pour s'autoriser un verre de vin. Dans une foule aussi dense, toute conversation sérieuse serait impossible et on n'attendrait d'elle que sourires et hochements de tête entendus. Ce qui signifiait, songea-t-elle avec soulagement, qu'elle réduirait considérablement le risque de se prendre les pieds dans le tapis.

En outre, un peu de vin lui permettrait de se décontracter et de jouir du privilège qu'elle avait de porter sur elle ces merveilleux bijoux, privilège qui, d'après ce qu'elle pouvait en juger, n'était pas donné à toutes les femmes de l'assemblée.

Elle sentit la main de Duncan se glisser dans la sienne tandis qu'ils tentaient de se frayer un passage parmi la foule compacte.

— Regarde, dit-elle en lui indiquant des couples enlacés qui évoluaient sur une piste de danse, un peu à l'écart.

— Je croyais que danser avec moi te rendait nerveuse, la taquina-t-il.

— Plus maintenant.

Leurs regards se croisèrent. Elle ne savait trop quelles idées traversaient l'esprit de Duncan à ce moment-là tandis qu'elle se remémorait la dernière fois où ils avaient fait l'amour. La fois où elle avait admis être amoureuse de lui et l'avait accepté. Où elle s'était avoué l'aimer totalement, corps et âme.

Une lueur de désir s'alluma dans les yeux de Duncan auquel son corps répondit par un frémissement délicieux au creux des reins.

— Nous ne sommes pas obligés de nous éterniser, suggéra-t-il d'une voix rauque.

— Tu en es sûr ? dit-elle d'un ton taquin. Parce que je pensais que nous en avions au moins pour trois bonnes heures.

En guise de réponse, il l'attira étroitement contre lui.

— Nous partirons dans quinze minutes, maximum, décida-t-il. Nous pourrions aussi prendre une chambre ici, leurs suites sont équipées de baignoires à jets hydrauliques massants.

— Et comment le sais-tu ?

Il n'eut pas le temps de répondre. Une voix suave et envoûtante, de celle que l'on entend sur les ondes radiophoniques, venait de l'interpeller.

— Duncan ?

Elle se retourna et vit une femme incroyablement belle et élégante qui se tenait près d'eux. Elle leur adressa un sourire aussi chaleureux que renversant de séduction.

— J'espérais bien te trouver ici, dit-elle à l'adresse de Duncan. Tu m'as tellement manqué !

Elle le vit se raidir tandis qu'à son tour il se tournait vers l'inconnue.

— Que diable es-tu venue faire ici ? s'enquit-il le visage fermé.

Sans cesser de sourire, la femme répondit d'une voix toujours plus enjôleuse :

— Mais je suis venue pour te voir, Duncan.

Puis, après avoir effleuré Annie d'un regard dédaigneux, elle ajouta :

— Et si tu me présentais ton amie ?

Il hésita une seconde puis relâcha sa main.

— Annie, je te présente Valentine. Mon ex-femme.

Chapitre 10

Après s'être excusé auprès d'Annie, Duncan, suivi de Valentine, s'était dirigé vers une alcôve privée, à l'écart du bruit et de l'agitation ambiante.

Bras croisés, il contemplait en silence cette femme qu'il avait un jour aimée et épousée pour ce qu'il pensait être le restant de ses jours. Elle se tenait face à lui, parfaitement immobile, soutenant son regard sans ciller, son éternel sourire aux lèvres.

— Tu as l'air en forme, dit-elle la première. Et toujours aussi séduisant. Le temps est vraiment injuste, il ne joue que contre les femmes.

— Epargne-moi ton discours, veux-tu. Et dis-moi plutôt pourquoi tu es venue ici, demanda-t-il une nouvelle fois.

Le sourire de Valentine, au lieu de s'évanouir, s'élargit un peu plus.

— Il n'y a qu'un homme comme toi, Duncan. Et j'ai commis l'énorme erreur de croire que je pourrais le remplacer.

— Que tu pourrais trouver mieux, tu veux dire,

corrigea-t-il d'une voix dure. Car c'était bien là le but que tu t'étais fixé, non ? Grimper toujours plus haut dans l'échelle sociale.

— Je me suis remariée, si c'est ce que tu veux savoir. Eric était un homme charmant avec qui je m'entendais bien.

Elle s'interrompit pour esquisser une moue dédaigneuse.

— Mais mortellement ennuyeux, ajouta-t-elle. Moi qui croyais que la richesse et le pouvoir étaient les choses les plus importantes au monde, j'ai eu vite fait de déchanter.

— Merci pour cette petite mise au point mais je dois te laisser à présent.

— Attends, Duncan. N'es-tu pas heureux de me revoir ? Même un peu ?

Son regard s'attarda sur ses yeux de félin à l'affût puis descendit sur sa bouche pleine et sensuelle qui, tant de fois, lui avait fait perdre la raison.

Lorsqu'elle l'avait quitté, il avait été anéanti, ravagé de douleur. Puis il s'était retranché derrière une colère dévastatrice, ne rêvant que de vengeance, regrettant de ne pas avoir le pouvoir de l'enfermer, de la soustraire à un monde qu'il jugeait pernicieux. Plus tard, lorsque la colère s'était un peu dissipée, il avait ressenti un très fort sentiment d'humiliation. C'était lorsqu'il avait compris qu'elle l'avait trahi, qu'elle s'était juste servi de lui et avait profité de l'amour qu'il lui portait.

Il l'avait aimée. Il s'était laissé prendre au piège de

ses belles paroles, de ses promesses : il était le seul, elle ne le quitterait jamais, elle l'aimait d'un amour inconditionnel…

Avec le temps, il avait fini par accepter d'avoir représenté pour elle la fin qui justifie les moyens. Il avait alors pu analyser objectivement leur relation et voir Valentine telle qu'elle était : une opportuniste sans foi ni loi, qu'aucune morale n'aurait arrêtée dans ses projets d'ascension sociale. Ce n'est qu'à partir de là qu'il avait retrouvé une certaine sérénité et que ses blessures avaient commencé à se refermer, tout doucement.

Il se rappela que, lorsqu'il était au fond du trou, son oncle lui avait assuré que l'inverse de l'amour n'était pas la haine mais l'indifférence. Face à cette femme qui avait été la sienne et qui, aujourd'hui, le laissait de marbre, il comprit qu'il avait raison.

— A vrai dire, finit-il par répondre, tu ne m'inspires aucune émotion. Quelle qu'elle soit.

— Quelle franchise ! Je ne t'ai donc jamais manqué ?

Il repensa brièvement aux nuits blanches passées à fixer le plafond et à ruminer sa peine. Il aurait alors donné n'importe quoi pour qu'elle revienne. Dieu merci, ses prières n'avaient pas été exaucées !

— Je t'ai aimée, Valentine, dit-il d'une voix lisse. Comme un fou. A en mourir. Mais quoi ? Trois ans ont passé depuis et j'ai parcouru pas mal de chemin.

— J'aimerais pouvoir en dire autant mais, malheureusement, ce n'est pas le cas. J'ai eu tort et il me faudra du temps pour regagner ta confiance mais c'est pour cela que je suis revenue, Duncan. Pour te dire que je t'aime toujours, que je n'ai jamais cessé de t'aimer. Je voudrais que nous nous donnions une seconde chance.

Il laissa les mots pénétrer son esprit puis il attendit une quelconque réaction. Mais rien ne se produisit. Les vieilles cicatrices ne se rouvraient pas, son corps restait inerte.

Il réprima un soupir de soulagement. Valentine faisait définitivement partie du passé. Elle n'était plus qu'une femme qu'il avait un jour connue.

Il lui tourna le dos et se dirigea vers la porte.

— Désolé, dit-il sans un regard pour elle. Mais c'est non.

Assise à ses côtés, Annie gardait le silence. Après qu'elle l'avait vu s'éclipser en compagnie de Valentine, elle avait arpenté la salle de bal, souriant machinalement à tous ceux qui l'approchaient. Lorsqu'il était revenu, dix minutes plus tard, il avait donné le signal du départ, oubliant leurs projets d'une nuit romantique à l'hôtel.

Depuis, il n'avait pas dit un mot. Elle le vit avec tristesse prendre la direction de chez elle. Ses intentions étaient claires : ils ne passeraient pas la nuit ensemble.

Elle retira délicatement le collier puis les boucles d'oreilles et les lui tendit.

— Merci de m'avoir permis de les porter ce soir, dit-elle.

Il s'en empara et les fourra distraitement dans la poche de sa veste.

— De rien. Je suis vraiment désolé d'avoir dû écourter la soirée, Annie, mais Valentine…

Elle vit ses mains se crisper sur le volant.

— … elle est revenue pour me créer des problèmes.

Elle brûlait d'en savoir plus mais elle se contenta de demander d'un ton qu'elle voulait égal :

— Comment le sais-tu ?

— Elle se fait des illusions, répondit-il vaguement. Je ne savais pas trop jusqu'où elle était prête à aller, aussi j'ai préféré partir. Je ne voulais pas d'esclandre, ni que tu sois mêlée à tout ça.

— Je t'en remercie.

Elle s'éclaircit la gorge avant de se lancer.

— Cela a dû être un choc pour toi de la revoir après tout ce temps. Cela fait combien maintenant ? Trois ans ?

Il opina d'un hochement de tête.

— A dire vrai, je me serais bien passé encore quelque temps de sa visite.

— Tu vas la revoir ?

— J'espère bien que non. Malheureusement, je la connais. Quand elle veut quelque chose, elle n'a de cesse de l'obtenir.

Valentine voulait quelque chose. Mais quoi ? De l'argent ? Lui ?

Elle chercha à se persuader que, si tel était le cas, et en supposant que Valentine était sincère, elle en serait heureuse pour lui. Elle l'aimait assez pour ne vouloir que son bonheur et tant pis si, pour cela, elle devait sacrifier son amour pour lui.

Elle tenta d'ignorer la petite pointe insidieuse qui lui vrillait le cœur tandis qu'il se garait devant chez elle.

— La soirée de demain devrait être plus tranquille, annonça-t-il comme si de rien n'était. Je passerai te chercher à 18 h 30.

Il avait évité son regard, ce qui lui laissa comprendre qu'il ne l'embrasserait pas en la quittant.

« Allons, haut les cœurs ! » s'ordonna-t-elle en sortant de la voiture.

— Bonne nuit, Duncan. A demain.

— Bonne nuit.

A peine venait-elle de refermer la portière qu'il appuya sur l'accélérateur et disparut sur les chapeaux de roues. Elle resta immobile sur le trottoir, suivant sa voiture des yeux jusqu'à ce qu'elle soit hors de vue.

Elle ne trouva que peu de réconfort à se dire qu'il ne faisait que respecter les règles du contrat. Et se demander s'il était parti retrouver Valentine lui fit regretter le fait de ne pas détenir le pouvoir de remonter le temps.

Non pour effacer le passé qu'ils avaient en commun et qui, elle le pressentait, allait peser lourd dans leur présent, mais pour empêcher la rencontre qui venait d'avoir lieu.

— D'accord, dit Annie alors que Duncan se garait devant une somptueuse propriété de Beverly Hills.

Posséder une banque est bien plus rentable que ce que je pensais. Pourtant, je croyais que le secteur des banques avait été touché par la crise ?

— Certaines banques ont été épargnées, répondit-il.

Près de vingt-quatre heures s'étaient écoulées depuis qu'il l'avait déposée chez elle la dernière fois et elle avait dû en passer environ vingt à chercher à se convaincre qu'il fallait qu'elle tienne le coup.

Lorsqu'il était arrivé, il lui avait semblé normal, bien loin du Duncan froid et distant de la veille, ce qui l'avait fait s'interroger sur la réalité de cette fin de soirée. Elle avait vécu un mauvais rêve, s'était-elle dit, qui ne ferait que s'estomper au fil des heures.

Elle sortit de la voiture et admira l'imposante demeure de trois étages, ruisselante de lumière et à laquelle menait une allée aussi large que longue.

— Impressionnant, commenta-t-elle sobrement.

— Tu n'imagines pas à quel point, lui renvoya-t-il en la rejoignant.

— J'en ai une petite idée. Je suis sûre que mon salaire annuel ne suffirait pas à payer le montant total des ampoules électriques qui servent à éclairer cette bicoque.

La démesure de ce qu'elle voyait la fit éclater de rire.

— Crois-tu qu'ils accepteraient de prendre des pensionnaires ? Mes cousines et Kami se sentiraient à l'aise ici, dans une chambre aussi grande que ma maison tout entière.

— Veux-tu que je fasse une demande ?

— Pourquoi pas ?

Il mit son bras autour de sa taille et, ainsi enlacés, ils s'approchèrent de la maison. Un valet en livrée vint leur ouvrir et les conduisit dans un vaste salon où crépitait un feu de cheminée. A gauche se trouvait un bar ; en face, de larges baies vitrées ouvrant sur un patio.

— Le buffet est servi à l'extérieur, les renseigna le valet. Mais n'ayez crainte, l'endroit est chauffé et très confortable.

Elle attendit que le domestique s'en aille pour murmurer :

— Je comprends mieux pourquoi il fait si chaud à Los Angeles l'hiver. S'ils se mettent à chauffer les extérieurs, maintenant… Très intéressant.

Ce trait d'humour le fit rire et il la serra un peu plus contre lui. Ainsi blottie, elle pouvait sentir la moindre vibration de son corps. Aussi comprit-elle immédiatement, à la tension subite de ses muscles contre elle que quelqu'un, probablement un indésirable, venait de faire son apparition.

— Duncan ? dit-elle dans un souffle.

Dans un geste plein de tendresse, il lui caressa la joue en la regardant droit dans les yeux.

— Ce n'est rien.

Elle n'en crut pas un mot. Au contraire, même, elle comprit que cet élément perturbateur avait beaucoup plus d'importance qu'il ne voulait l'admettre.

Elle se retourna pour vérifier ce que, d'instinct, elle savait déjà. Valentine venait bien de faire son entrée.

Elle chercha Duncan du regard puis lui fit un petit signe de tête avant de se fondre parmi les invités.

— Ça va aller ? s'enquit-il d'un ton inquiet en lui pressant la main.

— Oui, mentit-elle.

Qu'aurait-elle pu dire de toute façon ? Qu'elle redoutait Valentine ? Qu'elle pensait qu'il était toujours amoureux d'elle ? Ou encore qu'elle était consciente de s'être nourrie de faux espoirs et ce, depuis le début de cette histoire ?

Pourtant, malgré sa lucidité, elle se demanda si le problème ne venait pas d'elle plutôt que de Valentine. Peut-être devrait-elle apprendre à devenir plus exigeante.

En attendant, tout ce qui lui restait à faire était de prier pour que, une fois leur histoire finie, il ne rompe pas la promesse qu'il lui avait faite.

Les deux heures qu'ils passèrent là-bas lui parurent une éternité. Anxieuse à l'extrême, elle ne pouvait s'empêcher de consulter sa montre toutes les cinq minutes. Dieu merci, Valentine était restée à l'intérieur, chacun semblant vouloir s'éviter.

Lorsque Duncan entama une discussion sur la flambée des prix du pétrole, elle s'excusa et se mit en quête des toilettes pour femmes. L'endroit était aussi grandiose que le reste de la maison avec sa coiffeuse en marbre sur laquelle étaient disposés nombre de produits de beauté.

Après s'être lavé les mains et recoiffée, elle sortit pour se heurter à… Valentine, qui paraissait l'attendre.

Elle la trouva encore plus sublime de près. Elle admira la perfection de sa tenue, pantalon en satin noir et chandail en maille souple glissant négligemment sur une de ses épaules, et envia ses cheveux lissés en un carré impeccable. Grande, mince, élancée, elle était tout ce qu'elle ne serait jamais.

— Bonsoir, dit Valentine qui tenait à la main un verre de martini. Vous êtes la petite amie de Duncan, n'est-ce pas ?

Elle hocha légèrement la tête en un signe qui se voulait affirmatif. Après tout, Valentine n'avait pas à connaître la véritable histoire qui la liait à Duncan.

— Vous sortez ensemble depuis longtemps ?

— Nous nous sommes rencontrés en septembre, répondit-elle machinalement en espérant que Valentine ne s'apercevrait pas du trouble qui l'animait. Je… euh… J'avais crevé et Duncan s'est arrêté pour me proposer son aide.

— Vraiment ? Cela lui ressemble si peu ! Il paraît que vous êtes institutrice ?

— C'est exact.

— Laissez-moi deviner… Je parie que vous êtes la bonté même. Le genre à prendre en charge la veuve et l'orphelin. Je me trompe ?

Annie percevait parfaitement l'ironie qu'elle ne cherchait même pas à dissimuler.

— Si vous voulez bien m'excuser, dit-elle en cherchant à la contourner.

— Attendez. S'il vous plaît, je…

Valentine se débarrassa de son verre sur un guéridon tout proche et exhala un profond soupir.

— J'ignore quelle est la nature de votre relation et je vous avouerai que je m'en fiche éperdument. J'ai renoncé à mes droits sur Duncan en le quittant, il y a trois ans. J'ai été stupide, je pensais pouvoir trouver mon bonheur ailleurs mais j'ai vite réalisé mon erreur. Non seulement Duncan est l'homme le plus merveilleux que j'aie jamais connu, mais je n'ai jamais cessé de l'aimer.

Ses yeux bleus se remplirent de larmes qu'elle s'empressa d'essuyer d'un geste impatient.

— Je souhaite qu'il me donne une deuxième chance. L'espoir est faible, je le sais, mais il faut que j'essaie. Avez-vous déjà aimé ? Aimé profondément, je veux dire. Corps et âme, avec l'intime conviction d'avoir enfin trouvé la moitié de vous-même ?

De nouveau, Annie opina d'un hochement de tête. Oui, elle en savait quelque chose désormais, elle pour qui l'amour consistait à donner plutôt qu'à recevoir.

— Je l'aime, répéta Valentine. Et je sais qu'il vaut la peine que je me batte pour lui. J'ai commis une erreur et j'en ai payé le prix fort. Je suis revenue pour tenter de lui faire comprendre à quel point je tiens à lui. Pour moi, il est toujours mon mari, il n'a jamais cessé de l'être. Je veux lui prouver que notre mariage peut redémarrer de zéro. Vous me comprenez ?

Submergée d'émotion, ébranlée par cette confession vibrante de sincérité, Annie était bien incapable de proférer le moindre mot. De quel droit irait-elle à l'encontre du désir de Valentine de reconstruire sa vie avec Duncan ? Et si Duncan tenait là la chance de ne plus craindre d'être abandonné ? Peut-être même apprendrait-il à aimer de nouveau.

De toute façon, mieux valait Valentine que n'importe qui d'autre. C'est en tout cas ce dont elle chercha à se persuader.

Il était 3 heures du matin lorsque Annie cliqua sur un lien ouvrant sur la photo d'une peinture. C'était un petit tableau dans un cadre noir, peint par un artiste de renom qui avait choisi pour thème les sports de combat. Elle l'avait choisi pour la vivacité des couleurs et pour l'intensité qui émanait du regard des deux boxeurs dont l'un lui rappelait Duncan. Elle voulait pour lui quelque chose d'original, quelque chose qui le rendrait heureux.

— Annie, qu'est-ce que tu fais ?

Elle sourit à Kami qui venait de pénétrer dans sa chambre, titubant de sommeil.

— Il est tard, tu as cours demain. Retourne te coucher.

— J'ai vu de la lumière sous ta porte.

— Oh, je suis désolée. C'est ça qui t'a réveillée ?

Kami s'assit au bord du lit et secoua la tête.

— Non. Je m'inquiète pour toi, Annie. Je te trouve

bizarre depuis quelque temps. Tu es malade ? C'est Duncan ? Il t'a fait du mal ?

— Duncan va retourner vivre avec son ex-femme.

— Quand ?

— En fait, ce n'est pas encore fait, mais cela ne va pas tarder. Je ne veux pas me retrouver au milieu de cette histoire et il ne faut surtout pas que j'oublie que Duncan et moi, ce n'était qu'un arrangement réciproque.

Kami avait noué ses longs cheveux noirs en un chignon sévère qui la faisait paraître plus âgée et lui donnait un air de vieux sage.

— Moi je dis qu'il sort avec toi non plus par obligation mais parce qu'il en a envie. Cela fait un moment maintenant que la presse le couvre d'éloges, s'il avait voulu il aurait pu mettre un terme à toute cette comédie. Et puis, s'il ne prenait pas plaisir à sortir avec toi, quel sens donner au congélateur rempli de victuailles et aux cadeaux de Noël qu'il nous a faits ?

Quelques jours auparavant, en effet, il avait fait livrer un colis remplis de présents destinés à être placés sous leur sapin de Noël. Mais tous adressés aux filles. Aucun ne lui était réservé à elle. Elle avait alors pensé qu'il lui offrirait quelque chose plus tard. En privé. Elle n'en était plus aussi certaine aujourd'hui.

— Elle m'a avoué l'aimer encore.

— Et alors ? C'est quand même elle qui l'a quitté, non ? Cette garce a laissé passer sa chance, tant pis pour elle ! C'est à ton tour maintenant.

— J'apprécie vraiment ton soutien, Kami, mais

Valentine n'est pas aussi mauvaise que tu crois. Pourtant, crois-moi, cela m'aurait arrangé qu'elle le soit, j'aurais au moins pu la détester.

« Et me battre pour gagner le cœur de Duncan », se dit-elle pour elle-même.

— Ils méritent d'essayer de repartir de zéro.

— Et toi, dans tout ça ? Tu l'aimes aussi.

— Je m'en remettrai, assura-t-elle d'un ton qu'elle voulait persuasif.

— Tu devrais lui dire que tu l'aimes, insista Kami. Il n'attend peut-être que cela pour se déclarer.

Elle parvint à lui sourire en réponse.

— Il ne s'agit pas de souscrire une assurance auto. Il n'a pas besoin d'établir de comparaisons, tout de même.

— Non, mais peut-être a-t-il besoin qu'on lui rappelle ce qui est important. Tu es la meilleure chose qui lui soit arrivée depuis longtemps. Et s'il ne le voit pas, c'est qu'il est idiot.

— Dois-je lui dire cela aussi ?

— Absolument.

Annie arriva au bureau de Duncan peu après 16 heures. Elle avait pris la précaution de l'appeler avant afin de s'assurer qu'elle ne le raterait pas.

Ils étaient censés se retrouver le soir même pour se rendre à un cocktail, l'une des dernières soirées de leur engagement. Mais Annie doutait qu'il fasse appel à elle, ce soir et les soirs suivants. Sa réputation étant désormais sauve, il avait des choses plus importantes à régler, comme reprendre la vie commune avec Valentine.

Elle avait passé la journée à se convaincre qu'il fallait qu'elle fasse ce qu'elle pensait être juste. Qu'aimer Duncan signifiait vouloir ce qui était le mieux pour lui et non pour elle. L'épreuve allait s'avérer rude, elle le savait. Car, si elle s'était facilement remise de sa rupture avec Ron et A.J., elle avait l'impression que perdre Duncan serait insurmontable. Elle était follement et désespérément amoureuse de lui.

Elle avait appris très tôt que la vie était un perpétuel défi. Le premier qu'elle avait dû relever avait été la maladie, puis la mort de sa mère huit ans plus tard, et alors qu'elle n'était âgée que de dix-sept ans. La tante qui l'avait recueillie passait, elle, plus de temps dans les hôpitaux à tenter de soigner une dépression nerveuse devenue chronique qu'à s'occuper de sa nièce.

Au fil du temps, et par la force des choses, Annie avait développé un sens des responsabilités rare chez une femme aussi jeune, et qui l'avait amenée à élever seule son frère puis ses cousines. Ils étaient sa famille, ce qui comptait le plus dans sa vie, et elle s'était toujours appliquée à faire de son mieux pour eux.

Elle avait dû faire de nombreux sacrifices mais elle ne regrettait rien car il était dans sa nature de donner. Il n'y avait donc rien d'étonnant à ce qu'elle ait donné son cœur à Duncan, sans rien attendre en retour.

Lorsqu'elle pénétra dans le bureau, Duncan mit un

terme à sa conversation téléphonique et il l'accueillit avec un grand sourire.

— Pourquoi avons-nous rendez-vous ? demanda-t-il en se levant pour aller à sa rencontre. Si je ne me trompe pas, je dois passer te chercher dans deux heures.

« Il est si beau », pensa-t-elle, son regard s'attardant sur la largeur de ses épaules, sur le dessin parfait de sa bouche sensuelle. Quant à ses yeux, comment avait-elle pu les trouver froids quand ils pétillaient du plaisir de la voir ? Il lui sourit encore et se pencha pour l'embrasser.

— Laisse-moi deviner, dit-il. Tu es là pour tenter de me convaincre de mettre en place un projet d'intéressement aux bénéfices.

— Non, mais c'est une idée à creuser.

C'était typique d'elle, songea-t-il en la conduisant vers l'un des canapés qui meublaient la pièce. Et Dieu merci, elle ne s'était pas lancée dans les affaires, elle aurait bien été capable de dilapider ses valeurs en une seule journée.

Il devina à la tenue qu'elle portait, jupe longue écossaise assortie d'un cardigan agrémenté de perles multicolores, qu'elle arrivait directement de l'école. Avec ses cheveux qui ondulaient librement sur ses épaules et son visage dépourvu de la moindre touche de maquillage, elle était bien loin de la jeune femme sophistiquée qui l'accompagnait à ses soirées. Mais il la trouva plus réelle, plus belle aussi.

Elle se pencha vers lui et, dans un geste tendre,

couvrit sa main de la sienne. Le regard qu'elle plongea dans le sien était intense.

— Duncan, j'ai parlé à Valentine, hier soir.

La bonne humeur de Duncan s'évanouit d'un coup. Pourquoi cette nouvelle ne le surprenait-elle pas ?

— Quoi qu'elle ait pu te dire, elle t'a menti, affirma-t-il d'une voix tranchante. On ne peut pas lui faire confiance, Annie. Elle dira n'importe quoi, fera n'importe quoi pour obtenir ce qu'elle veut.

— Il se trouve que c'est toi qu'elle veut.

Elle s'interrompit, en attente d'une réaction qui ne tarda pas à venir. Il se mit à jurer, frappa un mur de son poing fermé.

— Bon sang ! Et tu l'as crue.

— Elle t'aime, Duncan. Elle a réalisé qu'elle avait commis une erreur et souhaite refaire sa vie avec toi. Vous vous êtes aimés, vous avez été mariés, tu ne peux lui reprocher de vouloir tenter de nouveau sa chance.

Il la sonda du regard, évaluant peut-être les pouvoirs de persuasion de Valentine. Oh ! Elle avait dû se surpasser à voir l'expression des grands yeux bleus candides d'Annie. Il y vit passer aussi quelque chose qui ressemblait à de la peine. Ou à des regrets.

Mais qu'y connaissait-il, à la psychologie féminine, lui, sinon que toutes les femmes étaient des menteuses manipulatrices qui ne pensaient qu'à elles et à atteindre le but, pas toujours avouable, qu'elles s'étaient fixé ?

Exception faite d'Annie, peut-être. Elle était si crédule, si naïve ! Lui qui l'avait vue dans différentes circonstances, avec ses élèves, ses cousines, son oncle, il pouvait affirmer qu'elle était toujours la même jeune femme authentique, pétrie de sincérité. Ouverte, honnête, intelligente, drôle, qui agissait selon son cœur.

— Tu es venue ici pour plaider la cause de Valentine ? Je ne serais pas étonné qu'elle ait offert de te payer.

— Cela ne s'est pas passé comme tu crois, Duncan. Elle était secouée, elle s'est mise à pleurer. Elle t'aime vraiment, tu sais. Au début, je ne la croyais pas mais, lorsqu'elle m'a demandé si j'avais déjà aimé quelqu'un comme elle t'aimait toi, j'ai fini par comprendre qu'elle était sincère.

Lui était loin d'être convaincu.

— Elle peut se montrer très bonne comédienne lorsqu'elle veut. Ne te laisse pas avoir par les apparences, elle ne faisait que jouer un rôle, crois-moi.

— Non. C'est ta femme.

— Etait, s'empressa-t-il de rectifier. Elle n'est plus rien pour moi depuis trois ans.

— Peux-tu affirmer, en toute honnêteté, que tu ne ressens plus rien à son égard ? Qu'elle t'indiffère ? Qu'elle t'a toujours indifféré ?

— Bien sûr que non, admit-il à contrecœur. Je l'ai épousée parce que j'étais certain de l'aimer. Mais j'étais stupide.

— Eh bien, au nom de cet amour que tu lui portais, tu te dois d'écouter ce qu'elle a à te dire.

Il se leva d'un bond et alla se poster un moment

devant la baie vitrée avant de se retourner, bras croisés, pour lui faire face.

— Elle t'a bien eue, laissa-t-il tomber d'une voix sardonique.

Elle se leva à son tour, les yeux emplis de larmes.

— Elle m'a suppliée de lui laisser le champ libre et c'est ce que je vais faire. Je ne t'accompagnerai pas à cette soirée, Duncan. Demande-lui de prendre ma place. Donne-lui cette chance qu'elle souhaite.

— Tu ne peux pas me laisser tomber, Annie. Je te rappelle que nous avons conclu un marché.

— Il est presque arrivé à son terme. Quelle importance que nous arrêtions maintenant plutôt que dans quelques jours ?

C'était lui qui avait défini les clauses du contrat. Lui encore qui avait imposé des limites dans le temps. Mais jusqu'à cet instant il avait refusé de voir au-delà. De penser au lendemain, lorsqu'elle ne ferait plus partie de sa vie.

Elle allait le quitter. Comme les autres avant elle. Et si son motif était noble, le résultat n'en demeurait pas moins le même : elle allait partir, le laissant seul.

Elles partaient toutes un jour ou l'autre. Il le savait bien, pourtant, qu'aucune femme au monde n'était fiable. Il sentit une onde de colère le submerger, écran probable à un sentiment plus profond qu'il ne voulait pas encore admettre.

— Notre contrat est clair, dit-il d'une voix dure. Si tu pars maintenant, ton frère ira en prison.

Contre toute attente, elle ne se mit pas à hurler, ni à pleurer ou à supplier. Elle se contenta de lui adresser un sourire plein de douceur.

— S'il te plaît, Duncan. Nous savons tous les deux que tu ne feras jamais une chose pareille. Ce n'est pas ton genre.

Son sourire trembla un peu avant de s'éteindre tout à fait.

— Tu crois que c'est facile pour moi ? Je t'aime, Duncan. Mais regarde-toi, regarde ta vie : je me suis bien amusée mais je n'appartiens pas à ton monde. Tu es un homme merveilleux, qui mérite ce qu'il y a de mieux. Valentine est faite pour toi. Vous vous êtes aimés une fois et si ça n'a pas marché, c'est peut-être parce que ce n'était pas le bon moment.

Une fois de plus, elle avait parlé avec la voix de la raison. Pourtant, c'était une situation absurde qu'elle lui décrivait là : elle l'aimait mais souhaitait le voir faire sa vie avec une autre femme. Il laissa exploser sa froide colère.

— Si tu m'aimais, tu ne renoncerais pas à moi, gronda-t-il d'une voix sourde. Tant que nous y sommes tu pourrais aussi demander à ce que nous restions bons amis.

Cette dernière remarque lui fit l'effet d'une gifle.

— Tu es contrarié.

— Et toi, tu joues un jeu qui ne me plaît pas et qui me déçoit. Tu veux partir ? Eh bien, vas-y, je ne te retiens pas. Mais, surtout, dispense-moi de ton discours pseudobienveillant selon lequel tu pars pour mon bien. Nous savons tous les deux que cela ne tient pas debout !

Elle ne put retenir plus longtemps le flot de larmes qui lui brûlaient les yeux. Pour la première fois, le cœur de Duncan se serra.

— Tu es l'homme dont je rêvais depuis toujours, dit-elle d'une voix tremblante d'émotion. Doux et fort à la fois, généreux aussi, et drôle. Je ne rêve que de passer ma vie avec toi, de dormir toutes mes nuits dans tes bras, de fonder une famille avec toi. Et d'entendre nos voisins dire de nous, dans cinquante ans : « Tu sais bien, ce sont ces Patrick qui sont mariés depuis toujours. »

Elle s'interrompit pour essuyer ses joues ruisselantes de larmes.

— Mais il n'y a pas que moi dans cette histoire. Il y a Valentine et c'est pour elle que je choisis de m'effacer. Parce que je juge que c'est important mais aussi, et cela tient en peu de mots, parce que tu ne m'aimes pas en retour. Dis-moi que tu as vraiment tourné la page avec elle. Dis-moi que tu m'aimes. Dis-moi que tu veux que je reste pour cette raison et je resterai, Duncan.

Voilà donc où elle voulait en venir. Le piéger.

— Remarquable d'originalité, la félicita-t-il avec sarscasme. Cela dit, je comprends que tu tentes ta chance, toi aussi.

Elle se raidit en même temps que le sang se retirait de son visage. Elle sécha de nouveau ses larmes et, sans un mot, alla prendre son sac.

— « Mieux vaut être du côté des vainqueurs, n'est-ce pas ? » lui rappela-t-elle d'un ton redevenu calme. Ce n'est pas faute de m'avoir prévenue pourtant. Tu as peut-être raison au sujet de Valentine, ou bien peut-être est-ce moi. En tout cas, j'espère que tu prendras le temps d'essayer de savoir où est la vérité. Quant à moi, si tu penses que je suis venue ici par intérêt, pour te mettre le grappin dessus, c'est que tu n'as rien compris et que tu n'as pas appris à me connaître. De même que je me suis lourdement trompée sur toi. Parce que l'homme que j'aime aurait dû lire en moi, lire ce que j'ai dans le cœur. Cet homme-là sait qui je suis, mais ce n'est pas toi. Au revoir, Duncan.

La seconde d'après elle était partie, le laissant seul et désemparé.

Chapitre 11

Duncan ne s'était pas soûlé à mort depuis des années. Depuis l'époque de l'université probablement, époque où il n'était qu'un étudiant irresponsable et stupide. Aujourd'hui, il était adulte mais il avait l'impression d'avoir agi avec la même légèreté.

Cela faisait trois jours maintenant qu'il ne s'était pas rendu à son bureau. Il avait annulé toutes les sorties prévues et il se terrait dans son luxueux appartement.

La bouche sèche, les tempes affreusement douloureuses, il parvint à aller prendre une douche et à s'habiller avant de tituber jusqu'à la cuisine pour se préparer du café.

Il lui était déjà arrivé de perdre par le passé. Ses trois premiers combats de boxe avaient été si catastrophiques que son entraîneur lui avait fortement conseillé de s'orienter vers un autre sport. Le base-ball, par exemple, où il n'aurait risqué que de prendre une balle dans la figure, ce qui aurait limité les dégâts. Mais il avait préféré s'accrocher et, en dernière année de lycée, une demi-douzaine d'universités lui proposaient une bourse d'études gratuite.

Par la suite, reprendre les rênes de l'entreprise familiale s'était également avéré difficile. Son jeune âge et son inexpérience lui avaient valu bien des déboires — il avait notamment laissé passer par ignorance des opportunités uniques. Là encore, il avait persévéré et bien lui en avait pris. Il comptait aujourd'hui parmi les hommes d'affaires les plus influents du pays.

Mais rien dans sa vie ne l'avait préparé à perdre Annie.

Ses mots le hantaient. « L'homme que j'aime aurait dû lire en moi, lire ce que j'ai dans le cœur. Cet homme-là sait qui je suis, mais ce n'est pas toi. »

La douleur était si insupportable qu'il aurait préféré recevoir une balle en plein corps. Peut-être s'en serait-il remis plus facilement et plus vite.

Le problème, c'est qu'elle était juste partie. Envolée. Lui avouer son amour n'avait fait qu'ajouter une dimension dramatique qu'il respectait, certes, mais à laquelle il ne croyait pas.

La sonnette de l'entrée le tira brusquement des pensées profondes dans lesquelles il était plongé. Il alla ouvrir et se retrouva face à Valentine qui tenait un paquet à la main.

— C'est un colis pour toi, dit-elle. J'ai dit au facteur que je te le remettrais en main propre.

Sans attendre d'y être invitée, elle pénétra dans l'appartement et se mit à inspecter les lieux.

— Quel magnifique endroit ! s'exclama-t-elle. Pourtant,

j'aurais aimé que tu gardes notre ancien appartement, il était bien assez grand pour nous deux. Peut-être pourrons-nous acheter autre chose, une maison, cette fois.

Elle s'approcha de lui pour déposer sur sa joue un baiser affectueux.

— Comment vas-tu ? Ton assistante m'a dit que tu ne te sentais pas très bien. En effet, tu as mauvaise mine.

Mais il ne l'écoutait plus. Il venait de reconnaître l'écriture enfantine d'Annie sur le paquet. Il brûlait de l'ouvrir mais il se ravisa, préférant être seul au moment de découvrir ce qu'il contenait. Il le plaça sur la table de la salle à manger puis retourna dans la cuisine où il constata que le café était prêt.

Il s'en servit une tasse et en but une longue gorgée. Ce n'est qu'alors qu'il se tourna vers son ex-femme pour lui faire face.

Elle était habillée tout en blanc. Un blanc immaculé qui rappelait l'hiver. Il ne put qu'apprécier intérieurement l'élégance un brin sexy dont elle savait faire preuve en toutes circonstances.

— Que me vaut le plaisir de cette visite ? demanda-t-il d'une voix lisse.

— Il faut que je te parle, Duncan. De moi, de nous. Tu sais, j'étais sincère l'autre soir. Je t'aime encore et je voudrais que tu nous donnes une nouvelle chance de reprendre la vie commune.

Il la toisa, mettant de côté le fait que, pour son plus grand plaisir, elle avait été jadis toutes les femmes en une.

— Et si je te disais qu'il faudrait que je teste la marchandise avant de prendre une décision ? annonça-t-il avec une pointe de méchanceté gratuite.

— Quand tu veux, répondit-elle en affichant un sourire déjà victorieux.

— Et les enfants ?

Elle n'en avait jamais voulu, prétextant qu'elle allait déformer à jamais sa silhouette parfaite. Et puis, des enfants, c'était trop bruyant, non ?

— Bien sûr.

Elle inclina légèrement la tête de côté pour ajouter :

— Et des chiens. On ne peut envisager d'avoir des enfants sans avoir d'animaux domestiques. C'est un très bon moyen de leur apprendre le sens des responsabilités.

— A qui ? Aux enfants ou aux chiens ? lança-t-il d'un ton pince-sans-rire. Enfin, peu importe… Tu parles sérieusement ?

— Absolument. Je suis prête à tout ce que tu voudras pour te prouver mon amour.

— Même à signer un contrat de mariage ? Un contrat en bonne et due forme, qui stipulerait que tu ne toucherais pas un centime de ma fortune personnelle ni aucune des parts de ma société en cas de divorce. Tu n'auras pas d'argent de moi, Valentine. Ni maintenant ni jamais.

Malgré tous les efforts qu'elle faisait pour tenter de rester impassible, il vit son visage tressaillir légèrement et sa bouche esquisser une sorte de rictus grimaçant.

— Duncan…, essaya-t-elle encore dans un soupir. Et puis merde.

Cet accès de vulgarité, que d'autres auraient pu trouver incongru dans la bouche d'une femme aussi élégante, ne le surprit pas.

— C'est donc un problème d'argent.

— En partie, admit-elle honnêtement. Mais c'est aussi pour lui prouver… Eric. Eric m'a quittée, moi ! J'étais sur le point de le faire lorsqu'il m'a coupé l'herbe sous le pied, ce salaud ! Alors j'ai voulu lui faire réaliser ce qu'il avait perdu.

Elle avait agi par fierté, ce qu'il pouvait comprendre.

— Désolé, dit-il. Je ne peux rien pour toi.

— Tu m'en veux ?

— Non. Je suis soulagé, plutôt.

A son tour, elle alla se servir une tasse de café.

— Je tiens quand même à te rappeler que, sans moi, tu ne serais rien, dit-elle avec une pointe de perfidie. J'ai fait d'un gamin rustre et sans éducation un vrai gentleman.

— Et moi je te rappelle que je t'ai surprise en pleins ébats avec l'un de mes associés, sur mon propre bureau.

— Je sais et je m'en excuse.

— Tout cela n'a plus grande importance, Valentine.

— Peut-être, mais j'en garde un mauvais souvenir. C'était moche de ma part.

Elle s'arrêta de parler pour le contempler, une lueur de regret dans le regard.

— Tu reviens de si loin, Duncan. Et je t'admire pour ça.

Ils discutèrent encore quelques minutes puis elle

partit. Il referma la porte derrière elle, profondément soulagé. Il savait que cette fois était la dernière. Elle ne reviendrait pas.

Il alla ensuite ouvrir le colis d'Annie et y trouva le tableau représentant les boxeurs. Il connaissait le peintre pour lui avoir acheté une toile beaucoup plus grande, qu'il avait accrochée dans son bureau.

Un petit mot l'accompagnait, griffonné sur une carte de vœux.

« Parce qu'il me faisait penser à toi », disait-elle simplement.

Duncan savait le prix qu'elle avait dû payer pour une œuvre de cet ordre-là. C'était beaucoup plus qu'elle ne pouvait se permettre. Pourquoi avait-elle eu une attention pareille à son égard ? Il vérifia la date. Elle l'avait envoyé après l'avoir quitté. Personne ne pouvait agir de la sorte ! A quoi jouait-elle donc ?

Il avait beau se creuser la tête, il ne trouvait pas la moindre réponse à ses interrogations. Il détestait être confronté à ce genre de situation, lui qui aimait que les choses soient simples et prévisibles. A l'inverse d'Annie qui, parfois, pouvait se montrer insaisissable. Il la trouvait trop exigeante avec ses idéaux et son besoin presque pathologique d'être aimée.

Pourtant, en dépit de ses récriminations, il ne chercha pas à faire taire la petite voix intérieure qui lui soufflait, tentatrice : « Qu'est-ce que tu attends pour aller la retrouver ? »

***

— Très chic, dit Annie en espérant que sa voix ne trahissait pas la nervosité qu'elle ressentait.

Elle était assise dans un large fauteuil en osier, face à son frère, dans un patio situé à l'arrière de l'établissement médical.

— C'est vrai, ce n'est pas si mal, finalement.

Le teint légèrement hâlé, il paraissait calme et détendu comme elle ne l'avait pas vu depuis des années. C'était le premier samedi où on lui autorisait des visites. Arrivée peu après 10 heures, elle l'avait trouvé trépignant presque d'impatience. Depuis, ils discutaient de la pluie et du beau temps, prenant grand soin d'éviter les sujets importants.

— Tu es…, commença-t-elle enfin.

Tim se pencha vers elle pour lui dire dans un sourire :

— Tout va bien, Annie. Tu as fait ce qu'il fallait. Je l'ai réalisé il y a seulement quelques jours mais j'ai fini par comprendre. J'avais besoin d'aide, c'est sûr. Et je ne suis pas encore sorti d'affaire.

Elle se sentit profondément soulagée. Elle prit sa main dans la sienne et la pressa affectueusement.

— C'est vrai ?

Il opina d'un hochement de tête.

— Je courais après des chimères, Annie. J'ai voulu frapper un grand coup et j'ai perdu. Cela me rappelle ce que tu dis toujours à propos des élèves qui préfèrent tricher en classe plutôt que de travailler. Si seulement ils mettaient leur énergie à étudier, ils deviendraient de bons éléments. Eh bien, j'étais comme eux, je voulais défier le système. Le problème, c'est que la chance n'a jamais été de mon côté.

— Que veux-tu dire ?

— Que je vais sérieusement me prendre en main et que, désormais, les salles de jeu me sont interdites. Terminés, les casinos de Las Vegas et d'ailleurs ; finis aussi, le blackjack, la roulette, et même les tickets à gratter. Cela risque de prendre du temps, mais je jure que je réussirai à décrocher.

Elle le regarda avec une fierté qu'elle ne cherchait pas à dissimuler.

— J'en suis heureuse, murmura-t-elle, émue.

— Moi aussi.

Il dégagea sa main et gigota un peu dans son siège, visiblement embarrassé.

— Je suis désolé, finit-il par dire. Au sujet de ce que je t'ai dit.

— Je sais bien que tu ne le pensais pas.

— Je n'arrive pas à croire que j'aie pu aller aussi loin ! Tu te rends compte, j'ai volé de l'argent à mon patron ! Je ne sais pas comment te remercier d'avoir passé ce marché avec lui. N'importe qui d'autre m'aurait laissé partir en prison.

— Je n'aurais jamais pu faire une chose pareille.

— C'est pourtant ce que je méritais.

— Mais ce n'était pas ce dont tu avais besoin.

— Au fait, j'ai été contacté par M. Patrick. Il m'a

dit que je pourrais reprendre mon poste dès que je sortirai d'ici.

Il eut un sourire penaud.

— Enfin, en quelque sorte. Parce que, désormais, je n'aurai plus accès aux comptes bancaires. Il va falloir que je regagne sa confiance mais je te jure que je vais tout faire pour y parvenir. Nous avons également établi un paiement échelonné afin que je puisse le rembourser.

Mais elle n'écoutait plus. Elle n'avait retenu que le fait que Duncan avait parlé à Tim. Il lui manquait tant ! Beaucoup plus que ce qu'elle avait imaginé.

— Je suis contente pour toi, finit-elle par dire platement.

— Je voudrais faire quelque chose pour toi, Annie. Pour te remercier.

— Laisse tomber, tu veux ? Tu ne me dois rien.

— Tu plaisantes ! Je te dois tout, au contraire. Regarde un peu ce que tu as fait pour moi.

— Je n'ai fait que me rendre à des soirées somme toute assez agréables, habillée dans des tenues somptueuses que je n'aurais jamais pu porter autrement. On ne peut pas vraiment considérer cela comme un travail ingrat !

Elle se garda bien d'ajouter qu'elle était tombée amoureuse et qu'elle avait le cœur brisé, mais Tim n'avait pas besoin d'être mis au courant de ses états d'âme, il avait bien assez des siens. Elle lui dirait plus tard, lorsqu'elle le sentirait moins vulnérable.

— Je te revaudrai ça, lui promit-il.

— Je ne souhaite qu'une chose, Tim, c'est que tu reprennes très vite une vie normale et que tu sois heureux.

Il se leva pour aller la serrer contre son cœur.

— Tu es la meilleure, dit-il, au comble de l'émotion. Merci.

Elle s'abandonna avec bonheur à cette manifestation de tendresse, si rare chez son frère. Elle voulait croire qu'il était sincère ; cela signifierait au moins qu'elle n'avait pas fait tout ça pour rien.

Quant à elle, et pour combler l'immense vide qu'elle ressentait à l'intérieur d'elle-même, il ne lui restait plus qu'à espérer de se couler très vite dans la vie qui était la sienne avant sa rencontre avec Duncan Patrick.

Duncan se frayait un chemin entre les tables bondées de monde du restaurant Westwood lorsque l'hôtesse vint à sa rencontre.

— Bonjour, monsieur. Avez-vous une réservation ?

— Non.

— Je suis désolée mais nous sommes complets. Le soir du réveillon, nous terminons notre service à 19 heures.

— Je ne suis pas venu pour dîner, précisa-t-il tout en balayant la salle du regard. Je voudrais parler à l'une de vos serveuses, Jenny. Ah, la voilà !

— Monsieur, vous ne pouvez vous permettre de déranger nos clients de cette façon.

Il fit un effort surhumain pour ne pas l'envoyer promener et pour se forcer à lui sourire.

— Ne vous inquiétez pas. Ce n'est pas mon intention.

Puis, sans plus s'occuper d'elle, il lui tourna le dos et zigzagua entre les tables pour rejoindre Jenny.

— Il faut que je vous parle, dit-il sans préambule.

Jenny rétorqua d'une voix dure, sans même daigner le regarder.

— Je n'ai rien à vous dire.

Puis elle le planta là pour se diriger vers la cuisine. Duncan la rattrapa au moment où elle allait franchir les portes battantes.

Elle planta dans le sien son regard bleu azur qui lui rappelait tant celui d'Annie.

— Je l'ai cherchée partout où elle était susceptible de se trouver, dit-il. Mais elle n'est nulle part. Jenny, je vous en prie, il faut que vous m'aidiez.

— Il n'en est pas question, affirma la jeune fille qui soutenait toujours son regard sans ciller. Et vous savez pourquoi ? Parce que vous êtes le pire des salauds et qu'elle ne mérite pas le mal que vous lui infligez. Ce n'est pas vous qui passez vos nuits à pleurer, n'est-ce pas ? Elle essaie bien de nous cacher sa peine mais je l'entends, moi, et je sais les nuits blanches qu'elle passe. Elle vous aime et vous n'avez fait que piétiner cet amour.

— Je sais, Jenny. J'ai commis une lourde erreur en la laissant partir et je m'en voudrai jusqu'à la fin de mes jours si je ne peux pas lui parler. J'ai eu tort. C'est la femme la plus belle et la plus intelligente que j'aie jamais rencontrée et je ne la mérite pas ! Mais je l'aime aussi, Jenny, et je veux passer ma vie à prendre soin d'elle et à la rendre heureuse. Je vous le jure. Alors, je vous en supplie, dites-moi où je peux la trouver.

Jenny marqua un temps d'hésitation, ne sachant trop si elle devait se laisser fléchir ou pas.

— Allons, Jenny, la pressa-t-il. C'est Noël, la période des miracles. Pourquoi ne pouvez-vous croire que j'ai changé ?

— Je ne sais pas, avoua-t-elle en toute franchise.

A son tour, il la regarda droit dans les yeux.

— Je l'aime parce que je l'ai vue prête à vendre son âme au diable pour sauver son frère, commença-t-il, et aussi parce que quand elle est stressée, elle se jette sur sa boîte de M & M's. J'adore qu'elle ne maîtrise pas l'art de marcher avec des talons hauts et la voir s'accrocher aux murs pour éviter de trébucher. Et enfin je l'admire pour voir le bien en chacun de nous, même moi, et de croire que rien n'est impossible.

Il s'interrompit pour s'éclaircir la gorge, ébranlé par ce qu'il venait d'admettre.

— J'aime ce qu'elle fait pour vous, ses cousines, et aussi pour Kami, et le fait qu'elle ait accepté sans manières le congélateur que je lui ai offert, juste parce qu'il lui permettait de vous nourrir pendant plusieurs semaines mais que, en revanche, elle ait refusé que je lui paie des pneus neufs pour sa voiture qui, pourtant, lui auraient permis de rouler en toute sécurité. J'aime le cœur qu'elle met à l'ouvrage, que ce soit dans sa classe avec ses jeunes élèves, ou dans les soirées qu'elle a passées avec moi. Et enfin j'aime la façon dont elle s'occupe de tout le monde. Mais dites-moi qui veille sur elle en retour ? Qui prend soin d'elle lorsqu'elle va mal ? Personne. Et moi, je veux être cette personne, Jenny.

Il s'interrompit une nouvelle fois, conscient du silence assourdissant qui régnait dans la salle. Tous les regards étaient braqués sur eux, les clients tendant l'oreille, manifestement intéressés. Les femmes affichaient un sourire approbateur.

Jenny expira profondément avant de dire ;

— Je vous jure que si vous lui faites encore du mal…

— Cela n'arrivera pas, promit-il avec gravité.

Il sortit de la poche de sa veste un écrin portant la marque d'un grand joaillier de la ville.

— Cela n'arrivera pas, reprit-il, parce que je veux qu'elle devienne ma femme.

— D'accord, fit Jenny d'une voix tremblante d'émotion. Elle est allée à l'église. Ils l'ont appelée ce matin pour lui demander d'aller leur donner un coup de main pour les décorations.

Elle griffonna l'adresse sur une feuille de son carnet de commandes et la lui tendit.

— Ne fichez pas tout en l'air, le prévint-elle une dernière fois.

Un sourire radieux aux lèvres, il plaqua un baiser amical sur sa joue.

— Je vous le promets.

Annie avait mal aux bras à force de déplacer des pots de poinsettias depuis le matin. Lorsqu'ils furent tous en place, elle alla brancher les petites guirlandes d'ampoules blanches disséminées un peu partout. Elle avait déjà disposé sur les bancs les recueils de chants de Noël et accroché à chaque bout les couronnes ornées d'un mélange de roses et de pommes de pin. Quant aux bougies, elles étaient déjà en place.

— Tu as bien travaillé, la félicita Mary Alice, la femme du pasteur. A présent, rentre chez toi te reposer sinon tu ne tiendras pas le coup ce soir.

— D'accord.

— Merci encore, Annie. J'ai hésité longtemps avant de faire appel à toi mais je savais que, seule, mes vieux os n'y résisteraient pas. Tu es vraiment un amour.

— De rien, Mary Alice. A ce soir.

Elle s'apprêta à partir le cœur léger, avec le sentiment gratifiant d'avoir accompli une bonne action. Elle avait reçu ce coup de fil comme le prétexte idéal pour se changer les idées et la sortir de l'espèce de torpeur dans laquelle elle était plongée depuis plusieurs jours. Et puis, on approchait de Noël et elle se refusait à être triste ou à s'apitoyer sur son sort. D'ailleurs, elle n'avait aucune raison de se plaindre. Tim était sur la voie de la guérison, ses cousines étaient en pleine forme et elle-même exerçait un métier qu'elle adorait. Elle avait la chance d'être bien entourée et, même si elle ressentait encore un vide immense en elle, eh bien, cela passerait, comme le reste !

L'année prochaine, à la même époque, elle serait complètement remise de cet échec cuisant.

Elle regagna le parking par une porte latérale. L'air était doux, signe que ces fêtes allaient une fois de plus se dérouler sous des températures estivales.

Un jour, se promit-elle, elle passerait Noël dans une région froide, là où la neige recouvrirait tout de son manteau blanc.

Elle se dirigeait vers sa voiture lorsqu'une ombre émergea de l'obscurité. C'était un homme. C'était… Duncan.

Elle s'arrêta net tandis que son cœur se mettait à battre la chamade. Elle avait envie de rire et de pleurer à la fois et de se jeter dans ses bras. Il lui avait tellement manqué !

— Annie, dit-il un peu gauchement avant de lui adresser ce sourire auquel elle ne pouvait résister.

Elle comprit tout de suite. L'amour était là, dans ses yeux gris devenus infiniment doux. L'amour, le vrai. Celui qu'elle attendait depuis toujours.

Enfin, il avait admis qu'elle comptait dans sa vie, qu'elle était celle qu'il lui fallait. Une vague de bonheur la submergea. Elle se sentit flotter sur un nuage, touchant du doigt ce qui pourrait ressembler à de la béatitude.

Sans plus se poser de questions, elle se jeta dans ses bras. Il l'étreignit avec une force qui laissait à penser qu'il ne la laisserait plus lui échapper.

— Annie, répéta-t-il. Je t'aime.

— Je sais.

Son aplomb le fit rire.

— Moi qui avais préparé un long discours afin de te convaincre… Je voulais que tu saches ce que, grâce à toi, j'ai appris et puis aussi que j'ai changé et que tu peux t'appuyer sur moi et me faire confiance.

Il relâcha doucement son étreinte pour lui adresser un regard empli d'amour.

— Je sais déjà tout cela, répéta-t-elle.

Dans un geste d'une infinie douceur, il caressait sa joue veloutée.

— Valentine ne s'intéressait qu'à mon argent mais je m'en fichais parce qu'il n'y avait que toi qui comptais.

— Je voudrais pouvoir te dire que je suis désolée que ça n'ait pas marché entre vous, mais non. Définitivement non, dit-elle en riant de bonheur. Pas trop déçu ?

— Non, parce que je ressens la même chose que toi, Annie. Veux-tu quand même écouter le discours que j'avais préparé à ton intention ?

— Plus tard, peut-être.

Car, pour l'heure, la seule chose qui lui importait, c'était cet amour qu'il venait de lui avouer et le fait qu'il soit là, près d'elle. Pour toujours. Quel plus beau cadeau aurait-elle pu espérer ? se demanda-t-elle en ayant conscience de vivre là un moment d'une plénitude exceptionnelle.

— Laisse-moi quand même t'en délivrer une partie, insista-t-il.

Il sortit alors le petit écrin de sa poche et s'agenouilla devant elle pour le lui tendre.

— Je t'aime, Annie McCoy, et je te fais le serment de t'aimer toujours. S'il te plaît, accepte de devenir ma femme et je promets de passer le restant de mes jours à faire de ta vie un roman de conte de fées.

Elle resta muette d'admiration devant le solitaire étincelant de mille feux que renfermait l'écrin.

— Duncan, dit-elle les yeux emplis de larmes. C'est vrai ? Tu veux vraiment m'épouser ?

— Absolument. Tu es la femme de ma vie et, maintenant que je t'ai trouvée, je ne te laisserai plus repartir.

Elle était reconnaissante à la vie de se montrer si généreuse envers elle, d'avoir tout d'un coup autant de chance. Elle se hissa sur la pointe des pieds et effleura ses lèvres des siennes.

— Oui, murmura-t-elle contre sa bouche. J'accepte de devenir ta femme.

Dans un geste plein de gravité, il passa alors la bague autour de son doigt.

— Tu m'as tellement manqué, confessa-t-il. J'étais perdu sans toi.

— Moi aussi.

— Tu m'as changé, Annie. J'ai tellement de chance de t'avoir trouvée !

— C'est exactement ce que je pense. Que moi aussi, j'ai beaucoup de chance de t'avoir rencontré.

Son regard fixa alors un point dans le ciel.

— Regarde, dit-elle en lui indiquant une étoile qui scintillait plus que les autres.

— C'est Vénus.

— Alors, tu vas croire aux miracles de Noël, maintenant ?

— Dans la mesure où ils te rendent heureuse, pourquoi pas ?

— Oh oui, Duncan ! Je suis si heureuse !

Il prit ses lèvres dans un baiser d'une infinie tendresse.

— Joyeux Noël, ma chérie.

— Joyeux Noël, Duncan.

DÈS LE 1ER OCTOBRE

***La danse hésitante des flocons de neige* -**

Sarah Morgan

Noël. Kayla Green redoute cette date et, comme chaque année, elle prévoit de s'enfermer dans son bureau de Manhattan avec une surdose de travail. Mais un gros budget de relations publiques l'envoie en fait dans le Vermont : celui de Snow Crystal, apporté par Jackson O'Neil, qui dirige un groupe de stations de sports d'hiver de luxe. Pour Kayla, ce petit miracle de Noël ne va pas sans inconvénients : primo, la neige, le ski, les snow-boots, tituber sur la glace en talons hauts…, ce n'est vraiment pas son idéal ; secundo, Jackson O'Neil a une famille, une de ces familles aussi unies que les mailles d'un tricot bien serré qui rappellent douloureusement à Kayla qu'elle a toujours dû se débrouiller seule. Mais il y a pire encore pour elle que Noël, la famille et autres calamités : c'est Jackson. Jackson, qui a tous les atouts en main pour faire fondre le cœur de glace qu'elle s'est si difficilement façonné …

***'uits enchantées à Manhattan* - Jo Leigh**

:s, she can ! Fraîchement débarquée de son Ohio natal, ree n'en revient pas de réaliser enfin son rêve : vivre à anhattan. Elle n'a pas un dollar, n'a trouvé qu'un petit job assistante, mais pour une fille que Big Apple et la mode nt toujours fascinée, c'est une promesse de conquête ! Là ù Bree décroche vraiment le jackpot, c'est quand un drôle e tirage au sort la propulse bloggeuse de la « Fashion eek » au côté de… Charlie Winslow en personne. CW, la us célèbre signature du Tout-New York ! Et un irrésistible écimen du genre masculin… A elle le tapis rouge au bras u magnifique Charlie ! Le tapis rouge… et les draps de tin où Charlie excelle aussi. De nuits torrides en soirées anchées, c'est le rêve absolu ! Bree n'a qu'une limite : ne as tomber amoureuse. Car, dans le monde de Charlie et avec i, il semble bien que tout zappe et tout lasse.

***Contrat surprise* - Susan Mallery**

Lui appartient à la catégorie d'hommes désormais bien identifiée des salauds magnifiques. Un businessman surdoué et sexy à tomber, mais qui a oublié son cœur au vestiaire.

Elle est plutôt du genre *girl next door* qui aime les choses essentielles et simples, les gens sympas et chaleureux. En somme, la vie réelle et les êtres humains…

Rien n'aurait dû les rapprocher…

Pourtant, ils ont un point commun. Un seul. Une (très) grosse source d'ennuis.

Surprise ! Ce point commun va les ligoter pour quatre semaines par un contrat. Quatre semaines, pendant lesquelles elle devra jouer la fiancée follement amoureuse d'un type imbuvable et irrésistible…

ROMAN GRAND FORMAT - 9,50€ LE ROMAN

Composé et édité par HARLEQUIN

Achevé d'imprimer en Allemagne
par GGP Media GmbH, Pößneck
en septembre 2014

Dépôt légal en octobre 2014

Pour l'éditeur, le principe est d'utiliser des papiers composés de fibres naturelles, renouvelables, recyclables, et fabriquées à partir de bois issus de forêts qui adoptent un système d'aménagement durable. En outre, l'éditeur attend de ses fournisseurs de papier qu'ils s'inscrivent dans une démarche de certification environnementale reconnue.